木　子　隨　筆　選　集

浮生漫筆

七十年之癢

木子　著

■「第一屆東方少年小說獎」評審林海音評出一個五十歲的新手－木子(右)。

■木子(左)與海音大姊攝於新店直潭國小。(1991)

■母親懷中的嬰兒是當年的小木子。

感性與睿智

薇薇夫人序

我一直覺得寫給孩子們讀的故事，要比寫給成人讀的文章難多了，而能夠「兩者皆能」的作家，常是我十分欽佩的。

讀吟蜩（木子）女士的作品，是先從兒童文學開始。她對孩子說故事卻不講教訓，但道理自然隱含其中。文筆尤其樸質純美，絕不因讀者是孩子而馬虎隨便。這樣的精神現在同樣出現在她的隨筆散文之中、誠懇而細膩深刻的把對生活和生命的觀察與感觸表達在文字裡，細細讀來，就像跟一位感性而睿智的朋友聊天。

資訊繁盛，文學式微，有些文學作者停了筆，有些卻要媚俗才能生存。仍然肯寫和肯出版那比較「清淡」的文學作品的作者和出版社，是越來越少了，因此，吟蜩女士的散文集，就像一支清清的細流，流在渾浩的讀物之海中。可能不被眾多人發現，但卻是一支頗為養眼的清流，值得品味。

許多人間悲喜故事，由吟蜩女士娓娓道來，篇篇精彩可讀，絕不無病呻吟。

不管世界多麼進步，生活多麼繁華，人們若想保留一點雋永的心靈空間，提昇生命品質，閱讀純樸的文學作品應是方法之一吧。所以，我是感謝像吟蜩女士這樣願意堅持「傻傻的」寫下去的作家。

無論室外是春雨、秋陽，甚至溽暑、狂風，能讓清流自心靈中緩緩流過，實在是生活中美好的享受。

盼望吟蜩女士能夠繼續堅持，多寫一些有她自我格調的文學創作，相信好書是不會寂寞的。

浮生漫筆

七十年之癢

目次

浮生漫筆

七十年之賡

Content...

白馬王子走了以後

曾經聽聞有人說，政治是人類社會中一種高明的騙術，騙死人，無須償命。那麼，戀愛很可能就是人類的一種莊重而又高明的遊戲，一旦玩了起來，各有千秋巧妙。

戀愛遊戲，須賴心有靈犀相通的對手，獨自一人，玩不起來；而且，雙方要玩真的，虛情假意與戀愛這碼子事相去十萬八千里。

世上萬有萬物，唯獨具有豐富細膩情感的人類可以把玩戀愛遊戲，它是成年人的一種權利，也是一種高尚且又美妙的享受。（心性未成熟者，不如且留步。）

戀愛，有成熟的層面，也有不成熟的層面。有時甜蜜，有時苦澀，需有心理準備。

一見鍾情，好像是從天上掉下來，有緣人心心相印之外，雙方還需付出、經營、學習、成長、等待。

戀愛的延續，可以成就一樁婚姻，但它不等於婚姻的前奏。婚姻中仍可繼續戀愛，也有婚後才開始癡癡的愛，有愛情的婚姻，自然甜美，但是，婚姻也可能變成戀愛的墳墓。

婚姻生活的層面寬廣，社會行為繁複；而戀愛則發生在二、三人之間，可能複雜，可能只是純純的愛。

戀愛成熟，不忍分離，雙方期盼永遠相愛，然則，有「永遠」這東西嗎？一生一世算不算「永遠」？也有人認為，剎那即是永恆。

事事物物時刻變遷，人心更是變幻莫測，當白馬王子（白雪公主）走了以後，這一場遊戲就該結束。

傷心、難過、沮喪、悔恨、怨天、尤人、傷已、傷人……甚而斷送了卿卿的性命，都不如留得青山在，或許，下一場戀愛會更蝕骨、消魂。

想一想，本來只是一個你，他（她）來了，一定增加了甚麼；他（她）走了，還是這一個你，他（她）何嘗帶走你的心肝肺，何嘗割走你的一片肉，也未挖走你哪根筋骨，你，何失之有？失去甚麼？

戀愛中，你學會了如何去愛，如何被愛，或許，人生的某方面獲得了某種美好的啟迪；至少，在心靈上增加了許多無形的附加價值。

你賺了。

不要為失去的愛情過於傷悲、流淚。

開懷地笑一笑。

把自己裝點起來，挺起胸膛，和他（她）說一聲，拜拜。

若是情長緣未了，會再聚首。若是緣盡情已了，強留又何益？

如果對方以為，下一個女人（男人）會更好，讓他（她）去獲得美好尤物，出局的一方何必做一個令人厭惡的枷鎖？走就走，無須貪戀？

要告訴自己，戀愛是偶然，失戀是必然。

愛情，本來無一物，來時，電光石火，擋不住，也無從拒絕；去時，就像一陣風，無影無蹤，何處去尋找？

遊戲總有結束的時候。

戀愛者，必須休眠，不是厭倦。
有朝一日，當你從休眠中醒轉，陽光依然亮麗。
準備好，再出發。
春花、秋月。
下一場遊戲，會更精采。

外遇的幾個公式

「外遇」，應該算是現代的新名詞。古時候，不必說帝王，就是一般男人也可以三妻四妾，無所謂「外遇」。封建社會的男人，只要條件夠，找一個媒婆兒說合說合，花一筆錢，往往就可以名正言順地達到目的，據說連莊子他老人家都娶過三個老婆。

我沒有研究過人類的婚姻歷史，不知道從甚麼時候開始演變成一夫一妻制？總之，民國以後，還是有很多男人擁有兩三房妻妾，不過，其中只有一人是法律上認可的，其餘的都和男主人有著某種程度「願打願挨」的默契。法律也莫奈他何。報刊報導過已故畫家張大千的許多韻事，其中提到他有四個妻子。這件事沒有人覺得有甚麼特別不對，大千生前也不避諱，還留下頗為風流的詩句：「親輦名花送草堂，真成白髮擁紅妝，知君有意從君笑，笑我狂奴老更狂。」英雄美人，才子佳人，古今中外留下多少道不盡寫不完的悲喜故事！

問題是你是不是真才子、真英雄？你有沒有顛倒眾生的才氣？你有沒有呼風喚雨的法力？你有沒有包容世人議論的胸襟與氣度？你有沒有解決紛爭的說服力？你有沒有養妻納妾的財力？你有沒有……？如果你有，不要說女人，就是男人也願意跟隨你。同樣地，如果你是真美女、真佳人，像著名女星伊麗莎白泰勒，美麗多金，從玉女到玉婆，拜倒裙下的男士不知凡幾，也不曾給她帶來甚麼麻煩，反而帶給這個世界一陣陣旋風般的大新聞。我個人並不鼓勵外遇與多夫多妻制，我的意思是說，如果你沒有那麼美好的條件，連「一對一」都應付不了，何況外遇呢？

仔細推敲起來，外遇好像可以歸納出幾個男女通用的公式。

一、你的那一套，我已經看膩了。

有些人凡事喜歡新奇，如果不能常常接觸一些新鮮的人、事、物，他就覺得生活沒有樂趣，甚至感到寂寞與無奈。正常的家庭生活，不可能是多變化的萬花筒，如果他（她）的配偶不能在生活中求新、求變，要他長期面對著同樣的擺設，同樣的面孔，同樣的衣著，同樣的話題，同樣的口味，同樣的爭執，同樣的……，這個喜歡新奇的另一半就會受不了，他求變，你不變，他就覺得你這個人沒有情趣，沒有意思，他的內心開始苦悶。為了化解這種苦悶，他可能去尋找能夠化解苦悶的象徵。這個象徵也可能是某種事物，可能是某種興趣，也可能是某一個人。這個人，不見得是他有意去尋找，也可能無意間在他身邊出現了。這個人跟他一樣，有許多寂寞與無奈，於是，兩人就相見恨晚了，這個人就在他的心目中取代了你的位置。

二、我的這一套，已經耍完了。

有的人本身有些聰明，小有才氣，或他某方面的優點很吸引人。他往往展示他的聰明和才氣，去吸引新朋友。但是跟他長期相處的親人，尤其是配偶，已經深知他的「聰明才智」，也由於愛之深責之切的心理，希望他能夠更上層樓，希望他有更好的表現，但是他不能了，也不想精益求精，他所展示的還是那一套。漸漸地，他發現掌聲減少了，他開始失望。如果一個藝人表演的都是同樣的節目，觀眾也會倒胃口。演藝人員如果不想變更節目，他就要換地方作秀，換一批會大聲喝采的新觀眾，彼此的慾望就滿足了。同樣的，如果你的配偶的那一套已經要完了，你也看夠了，可是，他仍然要掌聲，只好換一個地方作秀，換一個觀眾，這個人正好沒有看過他的那一套本事，於是很欣賞，掌聲又來了。這個人也許並不是他有意尋找來的，只是比你晚來一步，是個新觀眾，新觀眾的掌聲不斷，表演者陶醉了，新觀眾癡迷了。

三、偶發性的外遇。

偶發性的外遇，有人稱之謂「艷遇」。「艷遇」往往是由於幻想或過於熱情的誤會所造成。當事人雙方都沒有存心一定要發展到甚麼程度。這種「艷遇」，有人一生難遇，有人一生只遇一回，有人一生遇過多次。諸如師生戀，病人愛戀醫生與護士，部屬愛戀長官，以及陌生人之戀等等。但是，事過境遷，外遇的事實也就不存在了，像微風吹著一片雲輕輕飄過，正如詩人徐志摩的那首「偶然」：「我是天空裡的一片雲，偶然投影在你的波心。你不必訝異，也無須歡欣，在轉瞬間消滅了蹤影。」人的際遇，有時候也如宇宙間的星球，雙方都稍稍偏離了自己的軌道，彼此擦撞一下，冒出剎那的火花，彼此也沒有受到大傷害，留下了美好的回憶。

四、多發性的外遇。

有一種人，別人的那一套他很快的就看膩了，他自己的那一套一下子也要完了。而他自己又絕對不甘於臺下沒有觀眾的情況。這種人，說他非常善變也可以。他不可能忠於妻子（丈夫），也不可能忠於任何人。這種人，非常自私，他愛一個人絕對不愛到底，但是，他自己卻是需要多量的愛。只有一個人愛他，這不夠，有兩個人愛他也不夠。他喜歡把兩個或更多的女人（男人）推到「古羅馬競技場」，看他們爭風吃醋，互相敵視，而自己作「壁上觀」來得到滿足。這個人一旦有了婚姻生活，隨時都會發癢，一生癢個不停。少年的時候，他會寫你的名字，唸你的名字，一千遍，一萬遍。中年的時候，他演的是「徐志摩與陸小曼」。到了老年，他還要扮演「一千個春天」。他獵艷的手段也有一個公式，一開始就會主動的關心你，愛你，欣賞你，為你找工作，為你介紹異性朋友，但是最後推出的卻是他自己。事情一被拆穿，他走了，換一個地方作秀。

另外，還有一些是屬於騙局、冶遊或孽緣式的外遇，非常複雜，暫且不去談它。

清末民初那時候，婚姻還不自主，連胡適之先生那樣名聲響噹噹的留學生，還是奉母親之命結婚的。因此，那時候的人，如果婚姻不美滿，或是配偶有了外遇，還可以把責任推給父母，如今都是自由戀愛，怪誰呢？要怪只能怪自己在婚前沒有把眼睛睜得夠大。如果是錯誤的婚姻，是當事人自己的責任。有些人往往不去搶救婚姻裡已經存在的錯誤，反而以毒攻毒，製造更多的錯誤。於是，身陷亂麻，難題解不開了。無論如何，如果婚姻出了問題，借外遇來填補心靈的寂寞或創傷，不是治本的辦法，外遇只是一種麻醉劑，經過這一麻醉，必定更迷糊。要是像鴉片煙一樣，上癮了更不得了。設想：你外遇，我也外遇的話，小焉者家庭破碎，大焉者天下大亂。是故，能止步，則止步。

解開外遇的公式：

外遇既然可以歸納成公式，現在我們試著針對上述的公式，把解套式套進去，看看問題是不是比較容易解開。

第一個解套式，你要試著改變自己，充實自我，美化穿著，美化家庭擺設，因為他喜歡新奇與變化，你只有配合，兵來將擋，水來土掩。要做他的對手，不要做滿地撿球的人。要奇招不斷，讓他目瞪口呆，無暇外遇。

第二個解套式，你要做個好聽眾、好觀眾。雖然他作的秀不怎麼叫好，不怎麼精采，還是要給他掌聲。人生本來就好比做戲，看你此刻要演觀眾還是要演棄婦？看你要忍受配偶有外遇呢還是勉為其難地觀賞他的秀？聰明的你，很快可以做決擇了。

第三個解套式，偶發性的外遇，往往可遇不可求，沒有任何一方存心要發生外遇，何忍責備？最好在不露痕跡中快速切斷，彼此不傷感情，事後也不必再去提它，這種短暫美麗的感情，常常會醞釀成文學或藝術上的一朵奇葩。

第四個解套式，這個較難，配偶要更堅強，更理性。因為有多發性、習慣性外遇的一方，一旦被發覺被追問了，他會採取兩個途徑。一個途徑是，絕對不承認，說是沒有這回事，人家亂講，不可聽信謠言。另一個途徑是把柄在人家手裡，堆不掉，但是有理由，理由很多，說不定他的外遇是因為你的錯，你要負責。甚至於給你定了很多莫須有的罪名。就連當初你最可愛的優點，現在也變成缺點了。岳飛不夠盡忠報國嗎？秦檜還是有辦法把他處死。現在你冷靜地想一想，如果錯誤不是由你所造成，也盡力挽救過了，你可以問心無愧，做人只能做到問心無愧，剩下的只有接受事實。如果沒有孩子，你也不再留戀他了，當然可以車走車路，馬走馬路。如果有孩子，則不可隨意犧牲孩子。這時候要看，這個家庭如果沒有了他，會不會走到更糟的境地？不會更糟，那麼，沒有他有甚麼關係呢？隨便他去唸誰的名字千遍萬遍，隨便他已經是第幾個春天，你只要跟自己的骨肉緊緊地團結在一起，至少問題不會更嚴重，慢慢地，你也會有出頭的一天。切忌把男人與女人的戰爭，演變成女人與女人的戰爭，謹防人家趁你互相殘殺之際，已經殺出重圍，又走進另一個春天了。

我不贊成報復性的外遇，你外遇，我也外遇，結果害人害己，玩火自焚。我更反對報復對方有外遇而演變成殺夫或殺妻。想想吧，如果是有習慣性外遇的人，你殺他做甚麼？第三者也是願者上鉤，何必由你做劊子手？不賠上一條性命也得去坐牢，哪一點划得來？理性一點，多愛自己一點，與你心靈相通的有緣人，或許正在燈火闌珊處，向著你走來。快樂地活著，就有希望。

邊緣人談婦運

凡是有人跟我談到婦運問題，我就說我自己是個邊緣人，為甚麼說我自己是婦女運動的邊緣人？因為我從來沒有很正式地參加過婦女運動。不參加的原因，一方面是我認為自己不需要參加，因為我生長的家庭、生活的環境、受教育的過程、我的工作環境、我的婚姻、我的孩子、我的同事朋友……，我所接觸過的男性中，他們都沒有給我甚麼壓力，讓我要奮起反抗他們。另一方面是因為我不贊同某些婦運者的做法和口號。但我又不是不關心婦女自身問題的女性，因此我成了婦女運動中不折不扣的邊緣人。說到受教育的過程，我讀的都是女校，我的兩位校長也都是很傑出的女性，一位是江學珠校長，一位是夏德貞校長。兩位校長在主持校政其間，學校裡都有很多男性教職員，在女性校長領導下，無不一心一意地為一代一代的女性同胞付出心血與勞力。我們有幸做了這樣師長的學生，豈敢不認真？豈敢不努力？從江校長手下走出來的學生，再去升學考學校，可以說無往不利；從夏校長手下走出來的學生，也是有口皆碑。那時候，各衛生機構曾經流行一句話，那是「夏校長的學生你儘管放心的用吧！」

這兩位傑出的女性校長深深地影響了我的人格，因為我很少聽見她們喊過甚麼口號，只見她們年年月月日夜都在默默地耕耘。兩位校長都未婚，一生一世為女子教育鞠躬盡瘁！兩位偉大女性的人生哲學，都是要從自己本身做起，要提高女權從教育著手。今天我們談女權，仍然離不開這兩個原則，自己爭氣給自己看，有機會受教育，決不輕言放棄！

大凡世事，不平則鳴。爭取女權之所以會成為一種運動，而且是世界性的，相信男女之間的確是存在著某種程度的不平等。許多人都說，中國女性是受了西方女權運動的影響，才開始搞女權運動的，這一點我不以為然，我們可以從中國的歷史以及許多古典小說中去求證。從古籍中可以看出來，男尊女卑不是恆久性的，它是隨著時代而變遷的。中國古代也有以母系為中心的社會，據記載那時候一妻多夫很普遍。詩經裡也記述，中國古代婦女在戀愛方面的自由浪漫。我們看「紅樓夢」中，男女地位也不是絕對性的，賈母跟那些丫頭同是女性，但賈母跟丫頭之間的人性尊嚴，就沒辦法來比了。在武則天那個時代，男人又算得了甚麼呢？

民國以來的中國婦女運動，其始末及經過情形，都有有關書籍可查，不必在此多所抄錄，在這裡我只想說一說我親身的所見所感。先母生於民國元年，沒有纏足，十七歲婚姻自主，把先外祖母氣得離家出走。我母親是外祖母唯一的獨生女，母親三、四歲時外祖父即已去世，她們母女倆相依為命，生活十分艱苦。那時候女性沒有經濟能力，外祖母唯一可活的一條路，就是出外幫傭，自己食衣無虞，尚可賺取微薄薪給把女兒寄養在親戚家，十數年如一日。先父晚婚，早年在南洋僑界頗負盛名，為當時中華小學主要創始人之一，唯年齡比外祖母還大一歲，這門親事外祖母無論如何不肯答應，母親則堅持要嫁。先母沒有受過正規教育，婚後才跟著先父識字讀書，所以先父是先母的丈夫也是老師。在老師丈夫亦嚴亦慈的教導下，先母的聰明才智發揮得淋漓盡致；從不識字到可以作為教學的助手，從鄉下大姑娘到可以單獨地來往於福州、上海、杭州、新加坡……等各大都市，而且婚後所表現的叫外祖母心服口服，先父對先母的愛護，對外祖母的尊敬，是天下少有。從這裏也可以証明，男女的不平等，是有可能性，但不是絕對性。到我自己六、七歲時，我和家兄二人，每日往返步行三小時，到鄰鎮中心小學去接受正規的國民教育。也許我很幸運，至少在我的家庭裡，沒有甚麼男女不平等的觀念存在。

我剛到臺灣的時候，有幾件事教我覺得非常不習慣。那時候常常看到有些臺灣的丈夫，在外面花天酒地，回到家就拿老婆、孩子出氣。據那時候的人說，這是日本人的遺風所及，在日據時代，由於日本本土的女人在社會上沒有地位，台灣是日本的殖民地，連臺灣男人都沒有甚麼地位，何況婦女？臺灣光復初期，常常聽到有「養女」這個名詞，當時有些人家女兒生多了，就送一兩個給別人去領養，而養父母領養的目的又不單純，因而造成許多養女的悲劇命運，那時候有一位呂錦花女士，常常出面替許多可憐的養女解決問題，甚至安排收容她們，所以呂錦花女士有一個美麗的雅號，叫做「養女之母」。再還有，那時候我常常聽說，我同學的父母不讓他們的女兒出來讀書，總說「查某人讀些咪冊？」如果我的同學一定要上學，她們的父母就想出種種的難題來刁難她，諸如，不給繳學費、不給做制服……等等，堅強一些的，就自己去想辦法，甚至回家之後還要偷偷地寫功課；不夠堅強的，就這樣失學了。比較運氣的，去學做洋裁，運氣不好的，在媒妁之言下，女方收一點聘金就把她嫁了。

政府播遷臺灣之後，各方面勵精圖治，有目共睹，雖然不能樣樣盡如人意，但一切都在一步一步改革之中，僅教育一事即已十分公平。由於教育的普及，女子都能與男子一般，接受相同的學識與技能。有了各種學識與技能，女性才能打進各行各業。目前臺灣除了沒有看到女性技工爬在電線桿上（或許有，但我沒有看到），其他無論士、農、工、商、軍、政、經、教、醫……，只要說得出來的行業，無不都有女性插足其間，現在連副總統搭擋人選也請女性出馬了。但在家務方面女性仍然負擔很重，據我個人私下觀察，大多數女性都沒有要走出廚房的打算，即使是職業婦女，也是一下了班就轉到超市，大包小包地抱回家，進了家門，立刻走進廚房做羹湯，主婦們在心力體力上，多有透支情形。

除了家務之外，相信還有不少偏差的概念深植在中、老年人的心底，像：貞操問題、外遇問題、避孕問題、夫妻財產問題……，我特別強調是中、老年人，目前年輕的新生代比較開放，男孩在結婚時已不是那麼重視自己的配偶是不是處女？他們最講究的反而是雙方來不來電。四十歲以上的男人想法比較自私，他自己跟別的女人有過性關係，但如果要做他的配偶則最好還是要處女。有些已不是處女的女性，只好去求醫作偽，於是又產生一種新興的行業，叫做「×××修補術」。外遇問題如發生在男性一方，常以一句「逢場作戲」打發過去，若發生在女性一方，就不那麼可原諒了。避孕問題則永遠多是女人去想辦法。

女權運動，經過許許多多前輩婦女的努力，以及政府的大力倡導，婦女地位可以說已經奠下了不可動搖的基石，如今我們的著力點應該不是如何的去爭取，我們應該朝自強、自愛以及怎麼樣提昇女性自我品質的方向去努力。如果個人不爭氣不自愛，不要說女權不能發揚光大，恐怕連已經擁有的也會失去。

總之，女人要爭氣，男人也一樣，男性與女性只有和諧相處，人類社會才有前途。

從「吟蜩」到「木子」——關於我的筆名

「吟蜩」是先父為我取的別名，知道的朋友都說，「吟蜩」這個名字好怪呀！是的，連我自己都覺得好怪，但它是個紀念性的名字，因此我喜愛它。這個別名，是我還在嬰孩時期，先父就為我取好了的。不過，小時候，我並不知道這個別名是甚麼意思，自然也不知道多了這個名字有甚麼用處？

直到我結婚以後，父親同我住在一起，我們有較多的時間閒話家常，他老人家才告訴我當初為我取下這個別名的靈感。

原來我出生的日期是在農曆五月初，在星加坡已是炎熱的夏天，住屋外面有一片樹林子，林子裡蟬兒的歌聲交鳴不歇。父親當時聽著蟬鳴，穿過庭樹，走進內屋，屋內嬰兒也正「哇！哇！」啼哭。父親說我們李家三代都沒有女孩，父親的上一輩沒有姑姑，同輩又無姊妹，而我是三代中的第一個女孩，所以，女孩的哭聲，在父親聽起來格外的悅耳，當時他就對母親說：「我們家也有一隻會唱歌的蜩兒了。」至此我才明白，「吟蜩」這兩個字的具體意義，就是會唱歌的蟬兒。

我自己也不曾想到，怎麼到了中年以後，會去嘗試寫作，而且就是用「吟蜩」來做筆名，寫起散文隨筆，談論女性所關心的許多問題，這「吟蜩」二字就在報刊上出現了。只是這「蜩」字很冷僻，許多人不會唸，於是，我拆字，只用此二字的右邊「今周」，偶爾寫一寫較男性化的題材。

「木子」也有小故事，小時候，讀國民小學一年級，第一天，父親帶我去上學，級任老師要我寫下自己的名字，磨蹭了半天，三個字的名字，拆成好多字，李字當然是木子，麗字完全看不出字型，申字寫成甲。老師問：「你叫木子甲是嗎？」七歲的我，當場哭起來。其實，這個名字，也有小典故。從前取名字按照輩份取，與我同輩的男孩子是鈞字輩，他們的名字，中間這個字都是鈞，第三字任意取，因此也有叫鈞鏘、鈞磚（接近金磚）的。這一輩女孩子是麗字輩，麗字多麼難寫難認？申字，父親說是紀念我在南洋出生的地方叫「波德申」。

近年來，為兒童文學寫作，想都沒想，為了讓小讀者易說易記，就叫「木子」吧。自從用上「木子」這個筆名，我變得更關心兒童，寫作的範圍，也多半是少年小說和童話。

有了這兩個筆名，加上我自己原來的姓名，這三個名字聚在一起，她們可以互相交談，可以敘說許多故事，非常熱鬧呢。

塵封在記憶中的臘月年景

小時候我和外祖母住在鄉下，那是一個很典型的南方農村，全村一百多戶人家，百分之九十五都是種田，只有極少數從事其他行業，我們家就是例外。

農村生活，農人們天天都在田地裡奔忙，日出而作，日落而息，一點也不錯，只有在臘月農閒時，可以養息身心過一個好年。

孩子們最期待過年，每一個孩子都在問，過年快到了沒？我也問同樣的問題。外祖母總是說：

「臘妹還沒有過生日呀。」

我的小妹出生在陰歷十二月四日，她的小名叫臘妹，可不是現在的人所謂的辣妹。臘妹的生日一過，就到臘八了。

臘八，在我的記憶中的味道是淡淡的。到了這一天，外祖母照例會煮一鍋甜糯米粥。粥裡面放了八樣乾果，紅棗、桂圓、蓮子、花生……等等。一定有八樣東西，然後加上紅糖，黏稠可口，一年只煮一次，想要再吃，等待來年。

臘八一過，年的腳步越來越緊。鄉下人辦年貨，都是自己動手。可能在年頭就在為年尾做準備了。

鮮魚他們自已養，年頭養到年尾，小魚成大魚了。

大約在臘月中旬，我們會看到魚池旁邊巳架起了車水的水車，每天總有壯漢三兩人站在水車上，兩腳交替著，不停的踩踩踩，他們要把水池的水車乾了，然後下池去抓魚。

這些魚，是農民們合資養殖的。幾戶人家合養一口魚池？這不一定，十戶二十戶，全看農民們自己的能力而定。挖一口魚池要地也要錢，買魚苗、魚草、魚食都要錢。這些本錢，由合養的農戶分攤。到了過年，大家都有新鮮的活魚吃。

下池抓魚是壯漢們的事，婦女和小孩都圍在魚池旁邊觀看。抓上來的是甚麼魚？這要看當初下的是甚麼魚種？我們小孩子搞不清楚魚的種類，只聽見大人們此起彼落不停地哇哇喊叫：

「哇！草魚！草魚！」

「哇！鏈魚！」

「好大的鰻魚！」

「哇！鱔魚！哇！鯉魚！」

如果是鯽魚或泥鰍甚麼的，就沒有那麼興奮了。

等到抓魚的壯漢宣佈不抓了，這一下更熱鬧了，等待在池邊的小孩和村婦，磨拳擦掌，全都下去了。有的腰掛竹簍，有的手提布袋，真的都在渾水中摸魚。我哥哥和我，我們兩兄妹，當然也在其中。魚池中的爛泥，不是普通的爛，有的深及小孩的膝蓋和大腿，個個都成了泥人兒，又嘻嘻哈哈，高興得不得了。只要下到魚池去，一定有收獲，無論鯽魚、泥鰍、鱔魚、河蝦、河蚌、螺螄……多多少少，撿到一些，皆大歡喜。

臘月二十三，祭灶。祭灶在廚房，多用糖果，那時的糖果都很粗糙，也有特為祭灶而製的祭灶糖。灶公灶婆兩旁還有對聯，像是，「二十三日去，初一五更來。」「上天言好事，回宮降吉祥。」等。祭灶完畢，舊的灶公灶婆要去休假，為他們黏貼在灶間的畫像，這一晚要撕下來燒毀。可見，灶公灶婆一年只有一星期的假期，假期中他們也沒有閒著，要上天庭去報告這一家人家，這一年中做了甚麼好事，到了除夕，又貼上新的灶公灶婆，他們又來做灶間的主人，保佑這一家大小如意吉祥。

祭灶一過，要殺豬宰羊了。像養魚一樣，這些豬羊都是幾家農戶合養的一隻豬或是一頭羊；如果是四家合養，四家人出錢買小豬及飼料，由其中的一家來養，負責飼養的這一家人家，叫做掛豬頭的，到了過年殺了豬，豬頭歸給辛苦養豬的這一家，他們辛苦，算是有了報償。養羊也一樣，多半是這四家輪流養，所以，很公平。我們小孩子，喜歡看殺豬時破肚子。殺豬都是天不亮就殺了，孩子們知道明天要殺豬，睡覺以前都會再三央求大人，一定要一大早叫我們起來看屠夫給豬的屠體破肚子。大人小孩圍成一圈，個個都要擠在最前頭，唯恐別人擋了自己的視線。這對我後來讀解剖學有一點幫助，很容易記住動物的心、肝、肺在胸腹內正確的位置。殺好的屠體，會有人來蓋章，小時候都以為蓋了章比較漂亮，後來才知道，即使是自已養的家畜也不可以私宰，蓋章的人是稅捐處派來的。

殺好的豬由四家合養的人各分四分之一屠體和內臟，他們還會再分給其他親友。殺雞宰鴨是自己家裡的事。雞、鴨、魚、肉都有了，好豐富的年景出現在眼前。

接著是除夕，家家戶戶祭拜祖先，臘月也近尾聲了。

像這樣很鄉土而又傳統的臘月景象，到日本侵略中國，烽火滿天，村中百姓，逃的逃，死的死，即使後來中國勝利了，往後的幾十年，那種趣味又繁榮的年景，它永遠塵封在我的記憶中了。

小說世界令我留戀

慧如和我是讀初中時的同班同學。她是小說迷，平常愛讀小說也喜歡講小說。讀到精彩處，每忘情地大笑，有時候也罵，罵書中的人物不是東西。我跟她的坐位靠得很近，常常會看她表演一些激動的鏡頭，有的同學笑她何必替古人擔憂？我卻總是聽得津津有味。慧如是北平人，一口標準的國語，表情又多，說到動人處，真個是眉飛色舞，比那說書的毫不遜色。這正好，一個愛講，一個愛聽，兩個人都很過癮。下課的時候，人家去打球，我們不是窩在一個地方講小說，就是去跑圖書館。同一本書，她看完了我來借，或是我看完了她去借，借來借去都是小說。也由於書的媒介，兩個人成了好朋友。甚麼「飄」、「簡愛」、「小婦人」、「俠隱記」、「三劍客」、「基度山恩仇記」……等等，這一類的翻譯小說，那一陣子真看了不少。雖然是沒計劃的亂看一通；但是這種不花錢的消遣，著實給我平淡的少年歲月抹上了頗為濃重的色彩。以致於數十多年後的今天，想擦拭都擦拭不掉了。

我對小說，多半是抱著欣賞的態度，沒有甚麼研究的精神。看書的速度也不快，一本書看上一年半載也是常有的事。但是，凡事不怕慢只怕站，只要每天都能夠勻出一點時間翻幾頁，再厚的一本書，不消幾個月也就翻完了。

那時候，翻譯的白話小說，對我來說比較容易接受，而中國古典小說就很費事，往往翻幾頁就要丟下。記得我第一次拿起「紅樓夢」，連第一回都沒看完，就看不下去了。原因是：一方面自己的古文基礎太差，另方面「紅樓夢」裡生僻的字眼很多。如果邊看邊查字典，勢必一點樂趣都沒有，當時只好放棄。放棄了不就此心安，它總在我心底呼喚，想不管它都不能。我一次一次地放下，又一次的拿起來。終於決定去買了一本。大約在民國五十年左右，我買了它。這時我已結婚，生了兩個孩子，工作、孩子、家務，是我的生活重心，不知道到哪裡去找時間，來消受這一部堂堂的長篇巨著，不禁暗自竊笑自己不自量力。再一想，管它呢，我既不是「紅學」專家，也不會有人來考我，怕甚麼呢？於是我鼓足了勇氣，一頁一頁的翻去。遇到不懂的詩詞典故，可以不求甚解，碰到礙眼的生字，只好有邊唸邊沒邊唸中間，就這麼生吞活嚥的看下去。嘿！奇怪呀！居然還把個林黛玉愛得不得了。看到「林黛玉焚稿斷癡情」，「苦絳珠魂歸離恨天」，簡直看不下去，把書本閤起來，禁不住為她傷心掉淚。

通常，我讀小說都是被書中的人物所吸引。「儒林外史」真正吸引我的人物是杜少卿。杜少卿在第三十回才出現。他愛才，愛酒，愛作詩，蔑視八股，不慕權勢……，在第三十二回裡，有一位藏三爺對他說：「……縣裡的王父母是我的老師，他在我跟前，說了幾次，仰慕你的大才，我幾時同你去會他？」杜少卿說：「像這拜知縣做老師的事，只好讓三哥們做，不要說先曾祖，先祖，就是先君在日，這樣的知縣不知見過多少！他果然仰慕我，他為甚麼不先來拜我，倒叫我拜他？……」又說：「……你這位貴老師，總不是甚麼尊賢愛才，不過想人家拜門生受些禮物。他想著我？叫他把夢做醒些！況我家今日請客，煨的有七斤重的老鴨，尋出來的有九年半的陳酒，王家沒有這樣好吃東西……」說了半天，他就是不跟藏三爺去拜見王知縣，還結結實實把人家損一頓。

讀「儒林外史」我常常留連在第三十回至三十七回之間，因為杜少卿在這裡進進出出，這個人又有趣又可敬，許多時候，他還藉著別人的嘴巴罵自己，這種幽默實在叫人捧腹。

後來，一位朋友借我一本明萬曆版「金瓶梅詞話」，看完之後，有些替潘金蓮抱屈。我常想，「金瓶梅」這本書，如果抽去一個潘金蓮，恐怕就如清湯寡水一般無味了。戲劇或電影裡，總是強調潘金蓮謀殺親夫如何淫蕩的情節，這也許是編劇沒有細究過這本古本，或是切入點的殊異，以至於歪曲許多情節。其實，潘金蓮是天生麗質，因父死家貧，一再被轉賣到張大戶府裡，後又不見容於張大戶的老婆，再轉送給死了老婆賣炊餅的武大。書中形容武大：「為人懦弱，模樣猥瓙，渾名叫三寸丁，谷樹皮，身上粗糙，頭臉狹窄……牽著不走，打著倒退……」而潘金蓮則是：「……自小生得有些顏色，纏得一雙好小腳兒，九歲賣在王招宣府裡，習學彈唱，就會描眉畫眼，傅粉施朱，梳一個纏髻兒，著一件扣身衫子，做張做勢，嬌模嬌樣，本性機變伶俐，不過十五，就會描鸞刺繡，品竹彈絲，又會一手琵琶……」成熟以後的潘金蓮，在西門慶的眼裡看去是：「……黑鬒鬒賽鴉翎的鬢兒，翠彎彎新月的眉兒，清泠泠杏子眼兒，香噴噴櫻桃口兒，直隆隆瓊瑤鼻兒，粉濃濃紅艷艷腮兒，嬌滴滴銀盆臉兒，輕嬝嬝花朵身兒，玉纖纖蔥枝手兒，一捻捻楊柳腰兒……」以潘金蓮這樣的美貌與才藝，若生在今天這樣的時代，也許還會贏得「世姐」頭銜，可憐她一朵鮮花做了那個時代的犧牲品，像貨物一樣送來送去。固然武大是潘金蓮親手下藥毒死，但下毒的主意是來自愛貪小便宜的王婆，而砒霜則是西門慶所供應，分明是社會造成的悲劇，卻讓一個小女子去承擔，多麼不公平！

「金瓶梅」這本書，因為「床戲」太多，一向被列為黃色禁書。我倒以為，作者用心良苦，他先讓西門慶有無數女人，最後卻讓他因色而暴斃，其實，戒色、戒淫的成分很大。此書應屬「未成年不宜」，全禁則矯枉過正。我家孩子想讀這本書，我都叫他們結婚以後再讀。

天下的小說「浩如煙海」，看不完，也說不盡，近年，自己的視力也漸漸差了，不像從前那樣濫讀，孩子們知道媽媽愛書成癖，仍然不斷的為我添購新書，既買之，則讀之。想從前都是我買書給他們，後來則是他們為我選書，真是樂在心裡，笑在臉上。有假日的時候，跟他們窩在一起，你一本，我一本，彼此交換心得，好像又回到我的少年時期。我難道不可以說，愛讀小說的孩子不會變壞？我自己就是在小說中逐漸成長，在小說中學習知足與謙卑，在小說中不斷尋思探索，在小說中品味別種人生。

如果有人問我今後的個人願望，我但願在我有生之年，再讀幾本動人的好小說。

我看同性戀

婚前我多半生活在女性多於男性的團體中，因此曾經親眼目睹過幾對女性「同志」的個案。

第一對年約五十歲上下，兩位都是長字輩的一級主管，也是一流的職業婦女。她們在工作上的表現非常優異，唯一叫人在背後指指點點的，只有她們的同性戀行為。上班時她們是用全付的精力面對自己的工作，可是一下了班，兩個人就像夫妻一樣，同進同出，同住一間房。其中的一位較接近妻子角色，對另一位則恭之如丈夫。只聽說像丈夫的這一位年輕時曾受過異性的打擊，才發誓不再與異性談戀愛。後來與扮妻子的這一位互相傾慕而雙宿雙飛，又剛好她們是事業上的好夥伴，很自然的就結合在一起。也許是為了生活上的互相照應，也許是為了互慰心靈寂寞，終其一生，雙方皆未嫁人。

第二對年約三十多歲，也是很出色的職業婦女。當時她們都是某機構的單位主管，她們的情形與第一對有些類似，私生活與工作之間經緯分明，決不因為私生活而影響自己的工作，反而因彼此的愛慕而相互激勵。其中一位在言語行為上較為男性化，而另一位則仍是女性本色。觀其業餘日常生活，也是同進出，同起坐。得意時彼此分享，失意時相互慰藉。她們曾私下對人表示，要共同去領養一個孩子，她們也同樣嚮往「家」中有孩子的歡笑。後來因為我自己先離開那個機構，不知道她們的願望有否實現？

第三對年約二十歲左右，從外型與個性看來，其中一位說話大聲，動作粗線條；另一位則細膩嫵媚。她們經常出雙入對，彼此相隨。人多的時候眉目傳情，人少的時候細語溫存。吃飯時對面而坐。睡覺時常睡一床。那時候我同她們的年紀差不多，也偶爾跟她們同住在一間大寢室裡，由於生活密切，無意間常會看到一些親密鏡頭。更有一次在黑暗中撞見她們相擁親吻，當時倒把我這局外人嚇了一跳。她們在一起大約有五、六年光景，然後各自出嫁。唯扮男性的一方沒有生育。

第四對年約十八歲，扮女性的一方由於歲月久遠已不復記憶；扮男性的一方至今印象深刻，因「他」其貌不揚又頗愛吃醋，把「他」的對手看得很緊。經常見「他」提著一把半舊的小提琴，兩人牽著手走向校園一隅，然後坐下來，用「他」那不怎麼動聽的琴音，向她傾訴衷曲。聽過的人都說很像殺豬，但她卻百聽不厭。

以上這些往事離現在的歲月都很遙遠了，加上她們也不是很明目張膽，因而無從知曉她們更親密的一面。

後來，我曾在朋友的飯局中遇見一位非常美麗的女士，我們在一起吃過兩次飯，都是朋友請客，我去作陪，大家戲稱這位女士為「漂亮寶貝」。漂亮寶貝喜歡穿露背短衫與長褲，外罩一件半透明的寬鬆外套，顏色是綠黑搭配。她的皮膚白而細嫩，捲髮長而蓬鬆，是所謂的法拉型。眼部化妝很濃，她的那一對眉眼即是一幅秀麗山水，眼波流轉時，隱約可見秀媚的山光水色。淡褐色胭紅，唇型性感。一般女人多半在耳垂處戴一付耳環，漂亮寶貝戴了兩付，其中一付沒有墜子的K金小耳環，戴在耳翼兩側的邊邊上。當她點頭搖首的剎那，兩付耳環在她髮際叮叮噹噹閃閃發亮。總之，漂亮寶貝對於自身的裝扮很具匠心，又絲毫沒有庸俗的匠氣。她爽朗率性，音色甜美，走起路來婀娜多姿，若以「回頭一笑百媚生」來形容也不為過。

這樣的一位美女，自然會有一些不尋常的艷遇。她說，有一回她遇見一位老外，也是非常美麗的女子。交往以後才發現對方是女同志，不久，這位俊逸的「洋妞先生」就對我們的漂亮寶貝展開了猛烈的愛情攻勢。據漂亮寶貝透露，對方有一個頗為古怪的癖性，就是非常喜歡替自己的對手處理月事細節。一般女性對於處理自己的月事，多感到厭煩而無奈，更別說要替他人料理了，這一點道出了同性戀者與眾不同的癖好。我因為好奇，頗想進一步追問女同志的性生活，終因難以啟齒，而失去機會。據漂亮寶貝表示，她們交往一段時日之後，由於「洋妞先生」又到別的國家去，她們的戀情就斷了。這就難怪，無論圈內圈外的人都把同性戀者形容為易斷的玻璃圈了。

同性戀鬧糾紛的例子時有新聞，最著名的當推美國網球明星金恩夫人與她女秘書之間的恩恩怨怨。當年這一則同志反目成仇的新聞，曾經轟動世界體壇，她們成仇的焦點好像是因為她雙腿殘廢，而「他」則動了拋棄之念，並且不承認過去對她的種種承諾，包括「他」送她的房子在內。這一樁奇特的案子纏訟了很久，後來不知道如何了結？

社會版新聞也時常報導，因同志一方的變心，而演變成毀容與情殺的命案，可見同性戀的佔有心態也很強烈。

同性戀之所以會成為事實，還是因為雙方都有這種意願；至少其中有一方是主動的，而另一方是被動。如果被動的一方一開始就不接受這種事實，這一類事件就可以避免。我在女校讀書的時候，在我們班上也有一位看起來很男性化的同學，身材高挑，相貌俊逸，為人隨和，做事乾脆。同學中有比較早熟或有同性戀傾向的人，都把她看成男性，有人或明或暗地把她當成愛戀的對象，但我們這位「白馬王子」沒有那種感覺，終因一個巴掌拍不響，沒有把她扯進那個圈圈，這說明本身的定力非常重要。

關於男同志，只聽說某人與某人是，因沒有長期目擊的資料，而沒有實例可舉。

據說有少部分同性戀者是因為身不由己，他們在先天上有問題。同性戀到底有沒有遺傳因素？至今沒有定論。所謂先天有問題，是說此人在內分泌上或基因方面異於常人，因而造成他只能在同性間才能得到性的滿足。有些則是後天環境所造成。後天環境包括家庭環境、教育環境、社會環境等。這一類的同性戀者常因外界的環境引誘，加上自身的好奇，互相感染學習，以致越陷越深。生活在單性團體中的人，因缺少與異性接觸的機會，也很容易產生偏差的戀愛行為。不過，這一類的同性戀者，一旦時空改變了，他們的同性戀行為就隱藏起來，甚至整個地消失了。

一個人的個性、長相跟同性戀也有著相當的關係。有些男孩生來身材瘦小、面白無鬚、膽小害羞，這樣的人很容易變成男性同性戀者中被動的一方。如果女性中有體格高大、不施脂粉、性格與動作都像男子者，這樣的女孩對正常的男人一定沒有多少吸引力，久而久之，她們就會漸漸轉變成女性同性戀中主動的一方。因此，如果硬是說同性戀者是同性相吸，異性相斥，這種說法也難成立。因為一對同性戀者中，必定有一個像男的，一個像女的；我們只能說他們是由於某種身體上的缺陷，或是心理上害怕失敗，而不敢去面對甚而厭惡真正的異性罷了。

人類是感情的動物，無論男、女，誰沒有幾個自己較知心的同性或異性朋友？但是友情、親情、戀情之間，究竟有區別，許多人都有跟親人、同胞姊妹、同胞兄弟、甚或同性朋友同榻而臥、同榻而眠的經驗，如果其中沒有戀情的意味，就不會有彼此騷擾、親密愛撫的慾望。否則，其意義就不尋常了。

若是要認真地去追源的話，同性戀的許多故事早就記載在歷史文獻與文學作品中，古今中外都不乏真實例證。據記載，希臘的哲學家蘇格拉底與亞里士多德都是古代西方的同性戀代表，中國古代對同性戀的說法是說此人有斷袖之癖。據漢書記載，哀帝與董賢之間有著深厚的同性戀情。記載中說，董賢是哀帝的倖臣，他們有在一起睡午覺的習慣。有一次董賢睡偏了，把頭枕在皇上的衣袖上，皇上醒了，準備起床，但董賢還在熟睡之中，皇上為了不驚動熟睡中的董賢，乃斷其袖。在我們想像中，古代的人都穿衣袖寬鬆的衣服，旁臥者有可能壓到自己的衣袖，但一下子要扯斷自己的袖子，恐怕沒有那麼容易，也許在當時是皇上示意寢宮裡的太監拿剪刀來剪。

紅樓夢第九回「訓劣子李貴承申飭，嗔頑童茗煙鬧書房。」這劣子指的是賈寶玉。這一回前面寫賈政訓子，後面寫私塾裡的學生鬧同性戀。寶玉生性酷愛美女，但他也愛俊男。寶玉與秦鐘之間，寶玉、秦鐘與另外兩個外號「香憐」、「玉愛」的小男生，都有曖昧不清的同性戀情。但其中寫登徒子薛蟠的一段，卻最為不堪。我們來看看這一段的描寫：「……原來薛蟠自來王夫人處住後，便知有一家學，學中廣有青年子弟偶動了龍陽之興，因此也假說上學，不過『三日打魚，兩日曬網。』白送些束修禮物與賈代儒，卻不曾有一點進益，只圖結交些契弟。誰想這學內的小學生，圖了薛蟠的銀錢穿吃，被他哄上手了，也不消多記。又有兩個多情的小學生……」多情的小學生就是前面說的「香憐」和「玉愛」，都是在私塾中鬧同性戀的小男生。

所謂的「龍陽之興」，指的還是同性戀。龍陽是戰國時代魏國人，因與安陵君之間的同性戀行為而留名。

我個人對於同性戀者一向採取不排斥也不鼓勵的態度，基於客觀的人權觀點，給予適度尊重，更何況許多同性戀者在某些方面也有很傑出的成就。像前述我所親見的幾位女同志，她們曾是某一種行業的領導者。雖然她們的同性戀行為被人指點，但是由於她們止於一對一的固定對象，自始至終不及於亂，我們難道不應該給予某種程度的諒解與尊重？

長久以來，醫界證實，愛滋病（AIDS）的感染與同性戀行為有密切關聯，於今雖集中世界上最先進的醫療科技，對愛滋病的防治仍然無法突破。

依據聯合國在發現愛滋病（最早病例為美國洛杉磯五名同性戀男子得了神秘致命之疾，1981.6.5.）二十週年統計，全球大約有六千萬人感染愛滋病毒（性別上大約男女各半），其中有二千二百萬人已經死亡。感染人數，保守預估，每年將新增五、六百萬，其中一半都將面臨死亡。

同性戀行為既然是愛滋感染途徑之一，為了全人類的健康著想，同志們還能振振有詞地說這是個人自由，繼而我行我素，坐視危機於不顧嗎？

七十年之癢

癢之為症，大略兩種，一種指的是人類心理上的癢癢，是說這人很想去做自己喜歡做的某一件事，如果因故做不成，心裡想著念著的都是那件事，或也暗指人的七情六欲吧；另一種是指身體上某部位受了刺激，很想用指甲抓一抓才感到舒服的感覺。本文想要談談的，即是後者。

身體上的癢感，相信每一個人都經歷過，不但人類有這種感覺，就連很多動物，像：貓咪、狗狗等，我們也常見牠舉起爪子來抓癢。有些動物如豬、牛、羊……牠們無法舉起足蹄抓癢，但是牠們也會利用樹木、牆壁等其他的物體來擦癢。動物中抓癢的動作跟人類最接近的，想必是猿猴類了；尤其動物園中的猴子，牠們不吃東西也不爬樹的時候，我們總見牠們這兒抓抓那兒撓撓，甚至也常見牠們互相以抓癢取樂的鏡頭，我們也可以從猴子抓癢的動作中，來體會癢與抓癢的妙境。

癢給人類世界帶來的苦與樂，應該要超過猴子許多許多。癢在人類的生活中，早已經發展成一門學問，世界上不知道有多少生物學家、病理學家、醫學家、藥學家以及心理學家，都在埋頭研究這個困擾著人類的難題。如果你不去各醫院皮膚科去看看，怎麼會知道人類是怎麼樣地在和這位癢先生糾纏些甚麼問題呢？

輕微的癢只要能搔到癢處，不但會產生一種美妙的感覺，同時也是身心的一大享受。不信就去問問那些染疾輕微香港腳的貴人，問問他們給香港腳抓癢的感覺，他一定會告訴你個中的意境是「妙不可言」。不過天下的癢癢不見得都如輕微的香港腳一般，給你帶來抓癢的妙趣，有時候，它會整得你只想去換掉這個臭皮囊，如果你和我一樣，也癢過七十年的話。

自我有記憶開始，這位「癢」先生就不請自來，他緊緊地和我黏貼在一起，要和我做親密的朋友。夏天，他和痱子擠在一起。冬夜，他躲在我的熱被窩裡。孩童時期，我和外祖母同住，外祖母見我整天東抓西撓，除了搖頭嘆息之外，也用她的十指指甲來對付我的這位好朋友。但是，無論是第三隻手或是第四隻手，總不如我自己的兩隻手，有道是，癢要自己抓。

小時候我們住在鄉間，沒聽說有看皮膚科的醫生，外祖母常用偏方來治療小病症。為了這個癢，我吃過偏方無數。其中有兩味偏方，因為不像是人吃的，所以至今記憶猶深。一味是大肥豬肉清燉白芝麻，烹調時除了清水之外，不放任何作料，也不放鹽。油膩膩的肥肉大補湯，難下嚥的程度就是不吃也可以想像，我小時候被連哄帶騙吃過好幾次，一直到七十年後的今天，想起那滋味還會作嘔。另外一味是生喝穿山甲的鮮血，當時外婆是怎麼樣叫人把穿山甲弄死，我從來沒看過，但是，穿山甲的生血我閉著眼睛捏著鼻子喝過兩三回。據開偏方的術士說，光喝穿山甲的生血還不夠，同時也要用穿山甲的鱗甲抓癢才更見效果。於是，我的床上，抽屜裡，外祖母的針線盒裡面，到處都備有穿山甲的鱗甲片片。那種比蛤蜊殼略扁的鱗甲片，抓起癢來的感覺確實很不錯。

癢像牙疼一樣，看起來不是病，癢起來要命。不過，我們只常常叫喊「癢死了」，「癢死了」，還沒有聽說有人真正的被癢死。當然，因病毒或傳染病引起的自當別論。

我的癢症，癢在哪些部位呢？用生裡學的名詞來講，多在軀幹。諸如：後頸、雙肩、腋下、腰腹、後背。手腳部位極少發癢。以上這些部位，時常對稱性輪流著發癢，如果左肩開始癢了，不久右肩也會開始。當眾不能抓撓的時候，盡量忍著，一旦抓起來就不可收拾，一大片一大片的小疹子，範圍逐漸擴大，連著數日或數十日，一直癢，有時日夜癢數回，抓一抓，就沁血結痂，局部皮膚會變厚，膚色變深。時常在夜晚睡眠中，不自覺抓撓得不亦樂乎。做學生時，有一位室友，見我如此抓撓，以為此病必會傳染，而害怕與我同室。後來醫生說是濕疹。

據說臺灣這種潮溼的氣候，濕疹患者為數很多，但我的癢病，不是到臺灣以後才開始的，它是真正的大陸貨。癢到不可開交的時候，只有找醫生一途，如果沒有藥物控制，有時候只想去剝掉一層皮了事。

有的醫生說，此病與食物有關，像牛肉、鴨子、蝦蟹、酒類……等，都是引發的因素。有的醫生說，與穿戴的衣物有關，如羊毛、尼龍、塑膠材質……等等。但我才開始發癢那年代，尼龍塑膠品尚未問世。有的醫生建議慎選香皂、香水、化妝品。然而，我一向只認定一種品牌的面霜與口紅，其他的化妝品幾乎不用。有的醫生說，要減少洗澡的次數，因為太熱的熱水也會引發。有的醫生說……，我真的快要發狂了，到底怎麼引起的？誰知道？

我問醫生：

「這病到底會不會好？」

不同的醫生有不同的回答。

一種是「當然會好，但是難免再發。」

一種是「這種病很難斷根，發了趕快看醫生。」

這就跟小孩子問媽媽「打針會不會痛？」都一樣是傻問題。

有一位醫師建議我做皮膚試驗，看看是那些物質引起的過敏？但是做這種試驗需要耐心，不是短時間內可以測試出來的。

「癢」，他不管你是不是會去做皮膚測試，他又來了。這一回他躲在左邊的胳肢窩，大疙瘩如碎米，小疙瘩如細糠。晚上睡下去才開始癢，找醫生也太晚了。而且我確定，根據對稱性的發作，不好久右邊腋下也會發癢。

第二天，我到石牌榮民總醫院掛皮膚科。隨便掛個號，沒有選醫生，輪到我了，我把發癢的部位給醫生看，醫生問過病情，仔細審視了三兩分鐘，他說：「這是一種『類澱粉症』，病因至今不明……」回家後，依照醫師的指示，內服藥粒，外用藥膏，只三、四天，「癢」先生似乎暫時失蹤了。這一回大概是真正的對症下藥吧。一位好年輕的醫生，只可惜我當時未記住他的尊姓大名。在我心裡還是要好好的感謝這位年輕的醫生。

「癢」先生，他如影隨形的跟我糾纏了六、七十年，我終於知道，他的名字叫做「類澱粉症」。

後來，我移居美國，「癢」先生自然也跟著我移民來美。目前，朋友介紹使用無色無嗅，有些黏性但沒有刺激性的酵素噴劑。「癢」來了，像噴香水一樣，往癢處噴一噴，「癢」先生啊「癢」先生，看你還能蠻橫囂張到幾時？

〈七十年之癢〉續篇——終於不癢了

我曾經寫過一篇〈七十年之癢〉，並且用這個篇名來做隨筆選集的書名。有朋友看到書就打趣說，「只聽說有『七年之癢』，你這麼厲害，七十年了還會發癢？」可見，這個癢，給我帶來的困擾之多。此癢非彼癢也。

最早的記憶，當我還是貝比時，就已經這兒癢那兒癢，常常哭求大人給我撓撓癢。那時候，哪有什麼皮膚科？皮膚發癢了，最方便的辦法，就只有撓一撓，要不就聽江湖術士胡亂指點，弄個什麼偏方吃一吃。為了這種癢，我吃過偏方無數，印象最深刻的就是生喝穿山甲的鮮血，當時閉著眼睛捏著鼻子那種惡心至今難忘。

少年時到台灣，那時小病都不太重視，何況皮膚癢？頂多弄個什麼藥水、藥膏抹一抹，碰運氣，有時也可能止了癢，雖然不是什麼大毛病，一旦癢起來也很要命。厲害的時候，只想去剝掉一層皮。

婚後，看過不少皮膚科名醫，用藥當然都是最有效的，內服、外用雙管齊下，可以減少些許因癢所帶來的痛苦。對於癢，一般都說，台灣氣候潮濕，易患濕疹，但是我的癢病，不是到台灣才發病的，它是真正的大陸貨，之後又跟隨我移民來美，可見，問題也許出在自身的免疫力與體質，所謂體質，是指個人（酸鹹值與）皮膚溫濕的程度適合某些菌類繁殖與寄生，要不，一家人居住環境與食物相同，並非全家都有癢症。

美國醫生更為先進，為我做了血液檢測，沒有找出何種食物引來的皮膚過敏，醫生考慮，再給我做皮膚測試看看，這要長期密集跑醫院，對我個人的配合度確實有困難，治標的話，還是只能癢起來了再去找醫生。皮膚科常用的外用藥，多半是類固醇，用久了局部皮膚變厚，膚色變深，好在我的癢疹多發在軀幹、後頸、腋下等，因為未做廣泛性皮膚測試，醫生只能懷疑是花粉、食物、服飾、灰塵等引起的過敏，或蕁麻疹、脂漏性皮膚炎，想要根治，很難。

有一天，看到我家老三，拿了一瓶像清潔劑似的瓶子往腳底噴灑，問他：「你的腳有那麼髒嗎？」他說，聽朋友說的，這個「S.O.S.」可以治香港腳。

哦？可以治香港腳？他的香港腳很多年了，看他的腳底，令人起雞皮疙瘩。噴了一兩個月後，展視他的腳底，光潔溜溜了，確實有效，我感到驚奇。

兒子也說過，這種「S.O.S.」噴劑，不是藥品，瓶外標籤使用說明，這是一種酵素（有一點點黏性），不會中毒的，噴灑在櫥櫃裡，還可以去霉、除臭……

我的後頸、腋下又開始發癢，手邊沒藥，噴劑在浴室，未加深思，噴噴看，想把死馬當活馬醫，噴用後，有一點止癢，但是疙疙瘩瘩不規則的小紅疹仍在，也許我可以試用這種產品，怕濃度太濃，噴一點在小杯子裡，對上一倍潔淨水稀釋，用消毒棉花，沾上稀釋液，往癢處擦，果然有效，後來屢試不爽，困擾我幾十年的癢症，終於不癢了。我就變通噴灑衣領與枕頭。

因為自己長期被癢症困擾，近來常上Google網站搜尋有關資料，曾在網站上看到這一類癢症，病與醫的對話，原來不少人和我一樣，有著久癢不癒的困擾，許多醫、藥及生物醫學研究者，早在研究此類問題。目前，我懷疑（未經醫學檢驗），我的癢症，可能是「皮屑芽孢菌」引來的過敏，「皮屑芽孢菌」

是黴菌的一種（香港腳是另一種黴菌）。「S.O.S.」噴劑，主要的作用，在顛覆黴菌繁殖的條件，沒了病菌，痼疾自然痊癒。但是各個人的情況殊異，有病最好先看醫生。「S.O.S.」噴劑，是直銷產品，另有銷售管道，一般不做廣告。

（原刊於二〇〇五年九月二十日的北美世界日報家園副刊）

關於S.O.S.，木子敬答讀者

關於S.O.S.，筆者使用心得，正是瞎貓碰到死耗子，終於不癢了。

但因個人體質殊異，某些產品（或藥品）並非人人可用之萬靈丹，任何東西都可能引起個別過敏，報載有人食用米飯也會過敏（癢了十年），豈非奇聞？為謹慎起見，謹聲明，筆者並非醫生，亦非業者，僅是產品的使用者。該產品為外用噴霧劑，可能僅對「黴菌香港腳」、「皮屑芽孢菌」引起之皮膚過敏有抑制作用，其他各種皮膚病症，破皮與發炎，或突發性蕁痲疹等等，宜請就醫，尤其嬰、幼兒尿布疹，請勿試用。

用前請詳讀使用說明，S.O.S. Smoke Odor Stain成份為天然酵素、水與有機物穩定劑，可除黴菌引發之臭味。

敝人「癢裡逃生」有忠言：衣領、枕套、襪子有可能是「黴菌」、「皮屑芽孢菌」癢凶手的溫床，多加洗曬。少接觸貓、狗有毛動物。癢症發作時，請勿使用酒精擦洗，忌飲酒類及辛辣刺激食品。洗浴宜溫水及無刺激 浴皂，不宜「泡湯」。否則，有可能大癢特癢！越抓越癢！

對S.O.S.有興趣、有需求，請email: custombeautynow@yahoo.com 詢問產品有關問題，或請自留電話及電郵地址，在此Email Address，以便業者進行連絡與協助。

木子敬答讀者

孩子——在繩子的那一端

我家的孩子都知道，他們和媽媽之間，好像有一根無形的繩子牽引著，繩子有一定的長度，自由有一定的範圍，超過這個範圍，就會立刻被拉回去。這樣維持到高中的時候，他們各有各的難題，有的只發生一件事，有的則錯誤連連，想起來一身冷汗，說起來話長。其中以大毛的情形較為特殊，我就在這裡說說大毛。

大毛小時候是一個健康活潑愛笑的小孩，一開始學說話就愛唱歌謠。甚麼「小老鼠，上燈臺……」，甚麼「三輪車，跑得快……」，整天咿咿呀呀唱個不停。我搜腸括肚把自己小時候老掉牙的童謠都搬出來教他，一下子就學會了，又吵著要唱新的。我沒辦法，一抬頭看到客廳牆壁上，掛了一幅他外公寫的楷書「文昌帝君百字銘」。雖然是五個字一句押韻的，但是小孩子唸起來還是很拗口。我不經意地唸一句，他不經意地跟一句，我心裡想大概唸幾次就會厭煩了，沒想到，有一天他居然會背了；客人來也不怕生，一定要拉著客人過去，對著牆壁背一遍給客人聽。每次開始背都要連題目一起背：「文昌帝君百字銘，寡慾精神爽，思多血氣衰，少杯不亂性，忍氣免傷財……」客人不知就裏，就說：「不得了，你這小神童，才兩歲，就認得這麼多字。」其實，他哪裡是認字，只不過跟著我唸，只記音，不記字。

我自己因為要上班，沒有長輩幫忙，請的人也走了，白天就把他送去天主堂辦的也兼托兒的幼稚園。不久修女就發現大毛一肚子的歌謠逗死人，有時也讓他跟小班的小朋友一起上課，教一首會一首，音又準咬字又清楚，神父、修女把他當寶貝來寵，有甚麼餘興，一定不忘給大毛安插一個節目，擦一擦胭脂，戴一頂小帽，讓大毛上臺去耍寶，逗得臺下觀眾笑呵呵。

國小音樂老師也一下子發現大毛會唱歌，就讓他參加了合唱團，四年級開始跟音樂老師學鋼琴，其他各科成績也能平均發展，小學六年成績保持在一二名，很少掉到第三名。回家把家庭作業做完就去玩，考試卷拿回來多半是滿分，因此我很少提醒他要用功甚麼的，因為沒有甚麼好操心的。班際、校際比賽，老師喜歡派他去，他也總不會讓老師失望。品學兼優各種獎狀六年中領了二十二張。

那時小學升中學競爭很激烈，大毛沒有受到這個壓力，一考就考上所謂的明星私中，考上了就去讀，成績仍然保持在中上，沒有甚麼壞習慣，操行成績甲等，每天往返騎腳踏車上學。以他的成績，參加公立高中聯招上榜絕無問題，問題出在他們幾個同學商量好不去考了。怎麼勸都固執著不去考，他們準備要直升本校高中。他爸爸的意思也是先參加省中聯招，不理想再考慮直升。但是學校當局又是另一番打算，導師在班上這樣說：「決定直升的同學，把畢業証書暫時留在學校，決定參加省中聯招的學校也不反對，但是，一定要自己有把握，一旦落榜，就不是一句話說要直升就直升了，那就要跟外校來的學生一起報名一起考試表示公平，萬一也落榜了，就沒有辦法可想了……」這真是有點兒難取捨，孩子考試也有失常的時候，這種事誰敢保證呢？就等於說參加省中聯招有點兒打賭的成分，搞不好會兩頭落空，還是直升比較穩當。孩子本身也一再表示不想去考，家長加壓力叫他去考，如果不情願草草作答呢？又有幾個孩子喜歡考試呢？天氣這麼熱，為甚麼一定要把孩子趕到考場去「烤」呢？左思右想，好吧，決定直升了！「直升要好好的讀哦！」我們一再的這樣叮嚀，「媽，我會好好的讀。」我們當然相信，因為大毛從來沒有不好好讀的記錄。

高中入學了，一學期下來，成績保持相當水準，只是比從前愛玩些。三朋四友的看電影呀，逛西門圓環呀，開始回家多要錢。「為甚麼需要那麼多錢？」買參考書呀，看電影呀，喝冷飲、買車票呀……等等。第二學期又開始了，分數一天一天少，怪毛病一天一天多，頭髮、制服、帽子、書包……那上頭漸漸的都有了文章。寫字時原子筆也會在指頭間轉呀跳的。口袋裡不時的多了一包菸。數學的紅字在成績單上出現了。練鋼琴的時間也漸漸的縮短了。講話時夾雜著「哇操」「哇賽」，實在很刺耳。趕緊先給他找個老師補英、數，沒三個月就找藉口不去了。枕頭底下壓著一本原版進口的「花花公子」。我如果縮減他的零用錢，他就說自己要去賺。有一天，突然說：「媽，我不久就有地方可以賺很多錢。」問他：「甚麼地方可以賺很多錢？」「我們同學的表哥開一家公司，我們只要坐在遠遠的地方幫他看有沒有警察來，就有錢賺，很輕鬆吧？……」這時候我才知道，私立高中，實在是龍蛇雜處的地方，像大毛這樣單純，沒見過世面的孩子，一下子就迷惑了。

我一定要深入瞭解，於是旁敲側擊地打破砂鍋問到底。不得已，我以「某家長」的名義給訓導主任寫了一封信，提示了大毛所言的一些資料。訓導主任聯合軍訓教官立刻處理，凡有異象的學生，一律列入黑名單，黑名單中的家長也一一地被請去談話，我個人也是被約談的家長之一，但是我始終沒有暴露自己的身份，連孩子和他爸爸也不知道，我很怕把事情擴大，萬一被他們的「老大」知道是從大毛這裡走漏了風聲，恐怕事情會更麻煩。因為他們漸漸快有組織，頗具小幫派的雛型，不是大毛一個小小子搞得過的。我繼續從大毛的口裡追蹤，後來聽說「老大」與「老二」都轉學了，這事才算平息下來。但是抽菸一事，給大毛留下了一顆定時炸彈。因為學生吸菸，學校不容，家長不許，為這件事，三者之間，大捉迷藏。

高二面臨分組，大毛一向喜歡生物，曾經說想考丙組。但是高一成績不夠丙組要求，只能考乙丁組。我的私意是希望他報考乙組讀音樂主修鋼琴，因為他的稟賦在音樂，鋼琴老師一再誇讚他音感好，是學音樂的材料，不學音樂很可惜。但是他回答我：「不想討飯吃。」不知道誰告訴他學音樂的人會窮困一輩子，我只能分析給他聽，不能加壓力讓他完成我的理想。商量幾次無結果，他還是搖頭不考乙組，最後選了丁組。退一步想，丁組雖然不是志趣所在，但是條條大路通羅馬，只要肯努力，以大毛的聰明，學甚麼不可以呢？這個時代，這樣的教育制度，不是人人都可以選讀自己的志願，能夠上榜就很不錯了，這樣一想，也沒有甚麼好堅持的了。

高三住校，週末才可以回家，我想這下可好了，讓老師和教官去管一管，我自己樂得輕鬆逍一年，只在週末相聚時問問學校的情形。誰知他仍然是大錯不犯小過不斷，每隔一些日子，總有學校的通知來，不是警告就是記過。眼看著離聯考只有三個月了，我日夜祝禱，老天爺保佑，學校不要再來通知，讓他度過這個難關吧。有一天電話來了，是他導師打來的：「……×××一再觸犯校規，面臨退學，我馬上就把他送回來……」晴天一霹靂，我怎麼辦呢？他爸爸火爆脾氣，一定會把他趕出家門的。趕出去問題就解決了嗎？電鈴響了，老師坐計程車連人帶住宿行李一起押著回來了（不敢讓他單獨回家，也許是怕回家途中出意外。）我請老師客廳坐，一面準備仔細聽端詳。

老師說：「……很抱歉，你的孩子犯錯已經到了校規所容許的飽和點，學校很頭痛……為了他的前途著想暫時不發佈退學，還是可以參加聯考，考上了再到學校領畢業證書……」我能說甚麼呢？繳了六年高額的學雜費，最後是這般草草地打道回府，錯在哪裡呢？如果錯在直升，直升的也大有人在。如果錯在當初進了明星私中，還有多少人望著學校大門而進不去呢！我能要求學校繼續讓我的孩子留在學校嗎？我能証明我的孩子不繼續犯錯嗎？大毛說：「抽菸的人多的是，我運氣不好……」你看，我們的年輕人已經知道靠運氣了，可是你為甚麼要抽菸呢？把老師送走，我對大毛說：「兒子啊，老師說的話你都聽見了？現在只有接受事實，往者已矣，來者可追，反正學校的課也都上完了，在家跟在學校沒有甚麼差別，好好有系統地悶頭苦讀它，三個月，不怕不上榜，爭口氣給媽媽看，媽媽相信你會爭氣的……」可是我內心裡真是椎心之痛啊！大毛的高中生涯真如我的一場噩夢。好在他及時回頭，沒有再陷下去。隨著聯考的放榜，一連串的問題也解決了，一放榜就回到學校領取畢業證書，校門口紅紙黑字的榜單中，也寫上了曾經被許多人認為不可救藥的那個孩子的名字。

後面的事再說一點點吧，後來大毛說：「考上大學不是我唯一要做的事，我只是後悔那時候為甚麼沒有聽媽媽的話報考乙組……」眼看著他大學畢業了．又考上國立x大研究所．一面修研究所的課．一面回母校擔任助教．兩年中翻譯且出版了四本與本行有關的書籍。而後則是一個很受老闆器重的管理人才。

現在我心裡想，我與大毛間的那根無形的繩子，可以放鬆了。

易散的筵席

我是一個喜歡閱讀的人，閱讀已經佔去我大部分的休閒時間，我不是不喜歡小動物實在是沒有工夫去飼養。孩子們若是起鬨要養甚麼寵物，我總要先來個約法三章，誰出主意飼養甚麼，誰就負責牠的吃喝拉洗，媽媽只能在金錢上給予少許協助，要我去替貓、狗洗澡，我是寧可看小說。孩子們又把這種開宗明義當成一種默許，於是各種奇怪的嬌客，就源源不斷的「走私」進來。諸如：白老鼠、天竺鼠、小白兔、鴿子、母雞、紅頭鴨（他們叫「唐老鴨」）、金魚、烏龜、小鱉、小螃蟹、蛇舅母（像小四腳蛇）、青蛙、貓、狗、小猴兒等等。但是，後來除了狗和小螃蟹還在繼續爭寵之外，其餘的不是中途換了主人，就是因為飼養的常識不夠而魂歸西天。來來去去的這些小動物中，有的的確不怎麼可愛，我只輕瞄了一兩眼，不曾給牠們多少熱情。叫我付出較多關注的，只有「毛虎」和「小金剛」。

「毛虎」是小狗的名字，因牠還是狗娃娃時，一身毛絨絨胖嘟嘟，兇巴巴的一張臉又有一點兒像小老虎，所以就叫牠「毛虎」啦。「毛虎」不但越長大越不好看，而且還有病。發病的時候，牠躺在地上，四肢僵硬，兩眼翻白，口吐白沫，抽搐不已。頭一次看到很害怕，以為是被人下了毒。誰知十幾分鐘之後，牠起來又吃又喝又蹦又跳，就像甚麼都沒發生過一樣。過了一個多月又抽了一次，我們去請教獸醫，獸醫說可能是先天性癲癇症。你養了這樣的狗，也只有認了。後來每隔一些日子，牠就抽搐一次，大家習以為常，也就不再害怕反而更寵愛牠。我們住郊區平房，庭院四周有圍牆，平常不放狗出去，也不遛狗。只有偶爾有外人來的時候，不小心才會被牠溜了出去，我們喚一聲「毛虎！」牠又立刻飛奔回來。直到有一次送瓦斯的來，牠又溜出去，這一次叫不回來。幾個人分頭去找，也是徒然。

「毛虎」丟了，全家的氣氛陷入低潮。平常一回家就咿哩哇啦看卡通大聲笑的女兒，也笑不出來了，大家都在等待「毛虎」的再出現。又過了兩天，沒有消息，看來凶多吉少。若是被人撿了去倒是好，只恐怕……

孩子們不習慣沒有狗的日子，又去狗店物色了一隻，連名字都不改，還叫牠「毛虎」。小「毛虎」又長大了，一身黑黑亮亮的長毛，頸子上掛著防蚤項圈。小「毛虎」的眼睛很會看人臉色，誰要拿牠出氣，立刻躲得遠遠的；對牠好聲好氣，馬上過來撒嬌。因為是從小開始訓練，所以聽懂很多話。叫牠站起來，就用兩隻後腳站著走幾步。要牠坐下就坐下，趴下就趴下。握手時，你伸右手牠伸右前肢，你伸左手牠伸左前肢。見你把狗食倒在盆裡，牠就坐著等命令。不叫牠吃，絕不敢自作主張輕嘗一口。吃了一半叫停，舔舔嘴，坐在食盆旁邊跟你兩眼對四眼。孩子們假裝打架，牠急得團團轉，好像勸架的樣子。有人吹口琴，牠也尖著喉嚨嘶叫，不知道是討厭，還是因喜歡而共鳴？這時候我才知道甚麼叫做玩物喪志，孩子們在一起講「毛虎」，一天要講好幾回。就好像天底下再找不到這麼可愛的小狗了。

接著又來了「小金剛」。「小金剛」是一隻印尼進口的小獼猴。高矮只有一尺多，重量也不過斤把重。這種猴子最愛吃水果。手裡抱著一顆小葡萄，就像一個小小孩抱著一個大籃球。牠把葡萄咬個洞，吸呀吸的把裡面的果肉吸出來，流了一肚皮的葡萄汁，樣子很滑稽。猴兒的天性很貪心，見有人靠近，就伸手要東西，先藏一些食物在頰囊裡，吃不完就亂撕亂丟亂糟蹋。這種猴兒的智慧比較差，根本不聽指揮，也不能訓練牠做甚麼，頂多只能讓牠騎在「毛虎」背上做做樣子照照相。老么有時候也把牠擱在自己的肩膀上。

不過，這種會吃會拉的小動物，都有一身臭騷味兒。老么嫌牠臭，就給牠洗個澡，不洗倒好，這一洗，洗出了問題。後來聽說，這種猴兒不是捕自山野，是人工受精繁殖的，對疾病與環境的抵抗力等於零，也不能像野猴子那樣去過叢林的生活。不知道是不是洗澡受了涼，從此就吃得少睡得多，一天比一天不活潑。我一著急就帶牠去看獸醫，獸醫說「小金剛」得了急性肺炎。打了兩針又拿藥回去吃，好像不怎麼見效，再去看獸醫也沒起色，拖了四、五天，還是一命嗚呼了。

此後我打定主意，不讓孩子們再添購甚麼寵物，因為人與寵物的筵席易散，一旦曲終人猶在，那種傷感的滋味，不是三言兩語說得完的。我個人以為，養一種寵物調劑身心無妨，若是去搞動物美容院，給貓、狗洗三溫暖，那就不是我所能理解的了。

每天做兩個饅頭

有人曾經每天只做兩個饅頭，一個饅頭做它一個半小時，兩個饅頭要做三個鐘頭。這個做饅頭的人是誰？她是蘇翠屏女士。她為甚麼每天都要做兩個饅頭？這要先說說那一場車禍。

蘇女士，我在多年前就聽同事提起過她，但原先我並不認識她，那時候只認識她的先生——馬景賢。我的同事告訴我：「馬先生的夫人很漂亮，是個大美人。可惜，不久前出了一場嚴重的車禍，車禍後不能走路。」那時，同事只告訴我這麼一點點，我也沒有多加追問。後來，我出國了，很少住在國內。

有一次，我回臺探親。應邀參加一個兒童文學的集會，集會的主題很溫馨，邀請函上打著：金秋慶豐收——「千歲宴」——向資深兒童文學工作者致敬。這是兒童文學界的盛會，當天，我準時出席。

在會場門口，我遇見在兒童文學界大有名氣的馬先生，馬先生把我帶到他的夫人旁邊，介紹我們認識。午餐過後，有一段休息時間，馬夫人和我聊起當年車禍的事。她回憶說，車禍發生之前，她和一位鄰居太太騎著腳踏車，從斑馬線過馬路，突然，一輛計程車快速的駛來，撞了一下，她的身體立刻被高高的彈起，再重重的摔下，她甚麼也不知道了。醒來時，在醫院的病床上。那時，她三十八歲。

在病床上昏昏沈沈，全身劇痛，右半邊的身體不能動彈，嘴裡的牙齒，經這一撞幾乎全已掉光，兩條受傷瘀血的腿變成青紫色，以致於她在車禍之後的許多年，都不敢去買茄子，因為，一看到茄子，就會聯想到她車禍中瘀紫的兩條腿。

醫生檢查結果，沒有骨折，肌肉、神經受傷嚴重。不能坐，不能站，更別說起來走路了。

躺在病床上，她想著，會不會就此癱掉了呢？如果癱瘓了，她真的不知道如何去面對自己的未來。由於不能自主的轉動，她右邊的肩膀、手臂、胸、腹、腰部等等的肌肉，已經出現萎縮的現象，連呼吸都很困難。醫生說，無論如何，一定要多動，不動的話，真的會癱瘓。開始時，靠著旁人的協助，每天試著翻翻身，動動手腳，掙扎著爬起來。站不穩，就把脊背靠著牆，讓身體不致於馬上跌倒，像小孩子學走路一樣，一寸一寸的移動，不管受傷的部位有多疼，她咬緊牙根，半步半步的挪動。

住院一個月了，主治醫師給她安排復健治療。最初的復健方式，是提舉沙袋，把沙袋綁在右手臂，慢慢的舉起來，然後慢慢的放下。沙袋的重量，開始時是半公斤，然後逐漸增加沙袋的重量，一公斤、一公斤半、二公斤，一直要增加到五公斤，慢慢做，反覆地做。還有一種復健的功課是，面牆而立，用手指頭爬牆，慢慢的爬過頭頂以上，再慢慢的將手指爬下來。這兩種復健治療，交替的做，之後，還有熱敷。出院以後，回家仍不能中斷。她說，她多麼羨慕能夠自由自在行動的人。

蘇女士說，這些復健的功課，她很努力地做，每天都做到汗流浹背，手腳發抖，但是，每次回到門診去復檢，醫生總是不滿意，總是說她，嫌她做得不夠認真。怎麼辦呢？她心裡明白，醫護人員是為她好，期盼她能夠得到更好的復健成果。離開門診回到家，她只有更努力，總之，每次都要做到精疲力竭。有一天，她對先生說：「車禍當時沒有把我撞死，現在，做復健會把我累死。」她的先生很無奈，但是又有甚麼辦法？到底這種復健治療是沒有人可以替代的呀。

漸漸的，好像變成一個逃課的孩子，面對著這樣嚴苛的復健功課，產生了排斥與恐懼的心理，她怕再見到醫生對她復健效果失望的眼神，她幾乎已不敢再到醫院去復診了。

身為家庭主婦，她有好多家務事要做。她的腦筋一轉，找出一種她可以承受的復健辦法。首先，她開始多多的擦地，從前用拖把拖，現在用手擦，弄一盆水，一塊抹布，坐在地上，扭乾抹布，用傷重的右手，一下一下的擦。開始時她的右手還不靈活，這沒關係，她就是要擦，到處都擦得乾乾淨淨。擦完地，等麵糰發好了，做饅頭，只做兩個。她用不靈活的右手揉麵，一下一下慢慢揉，這個麵糰揉一揉，放著，再揉另一個，兩個麵糰輪流的揉，像做藝術品似的，兩個麵糰各揉它一個半鐘頭，揉好了放進蒸籠去蒸。到了晚上，先生下班，孩子放學，大家都有好吃的大饅頭可享用了。每天都用同樣的辦法，花同樣的時間，去做兩個藝術的大饅頭。她不記得到底已經做了多少個大饅頭，總之，她的手越來越靈活，有力量了。她可以用右手給自己梳頭了，許多家務事也可以自己打理，不用再麻煩鄰居和親戚幫忙跑腿買東西了，她的內心充滿了喜悅。她說，她是個非常樂觀的人，煩惱在她心中最多只能停留幾分鐘，這種樂觀的心境，對她的病情極有幫助；她也不愛抱怨訴苦，更不願因為自己的不幸，影響了家人的情緒和日常的生活。她希望一切能像從前，未曾發生車禍之前一樣的平靜。

擦地擦呀擦，饅頭揉呀揉，身體情況越來越好，她可以出門上街了，出門上哪兒去呀？她去學游泳！她買了一張溫水游泳池的年票，從來不曾下水游泳的她，只是想能在游泳池裡泡泡水就很高興了。她把早晨的家務盡快的處理好，等先生上班孩子上學以後，她就去游泳池報到。她站在游泳池邊泡水，先看看人家怎麼游？問問人家如何可以把身體漂浮起來？看看人家如何用腳撥水，她也趴在水中撥水。

姿勢和動作不太對，她自己慢慢地糾正，凡是在游泳池中游泳的朋友，她都當成是自己的老師。慢慢地，可以向前游了，起先只能游五十公尺，然後一百公尺、二百公尺、三百公尺……，蛙式、自由式都試試看，每天可以固定游上一千五百公尺了。純粹是自我的一種鍛鍊，沒去管游泳的速度如何。

除此之外，她每星期兩次到瑜珈教室學瑜珈。她說，還好她不是職業婦女，要不然，這些復健與運動，如何能做得到呢？

為了復健，這一路走來，無限艱辛，終於，她已逐漸走出車禍的陰霾。後來，除了氣候轉變時全身痠痛之外，別人已不能從她肢體的行動中看出她曾經出過嚴重的車禍。她早已不需要每天揉饅頭了，不過游泳和瑜珈她會一直持續下去。

蘇女士以非常欣悅的語氣說，這一場車禍的苦難，帶給她許多的人生體驗，除了感謝救助她的醫護人員，也感謝鄰居朋友的協助，以及親情的支持。

我覺得她自己的樂觀與毅力也很了不起。更了不起的是，她有一顆寬容的心，當我問她：「妳還恨不恨造成車禍的司機？」她說：「恨他也沒有多大意義，其實，那個司機也很慘，因為，他從南部北上，開計程車才一個多星期，就出了這個意外；而且在肇事之後，他沒有逃避責任，立刻把我送去醫院，如果送晚了，也許就沒救了。」所以，她早已經原諒了那位不是有意闖禍的年輕人。

蘇女士衷心希望凡是駕車的人，小心開車。她也寄語，和她有同樣苦難的朋友，要勇敢的面對，熱愛生命，不要放棄。

我非常佩服蘇女士的樂觀、堅忍、寬厚，以及她發明了有創意的自己可以接受的復健方式，讓她走出重傷害的困境，在此，我祝福蘇女士身心康泰。

孤獨、寂寞與無聊

孤獨通常是指單一的一個人自我獨處的時候。

孤獨的境界可以是很高的，柳宗元的五言絕句中，有：「千山鳥飛絕，萬徑人蹤滅。孤舟蓑立翁，獨釣寒江雪。」這位蓑笠翁的境界，是怎樣的境界？

一個人在孤獨中可以完成偉大的志業，如：海明威的名著「老人與海」中的老人，就是孤獨中的偉大。

文學、藝術、宗教、哲學、科學……等，其中的某些階段，或在最初的起點，往往是來自於孤獨中的沉思、冥想與探索；有的還必須在孤獨中才得以完成。

孤獨並不絕對指著一個人單獨獨處的時候，有時候，在一個團體中，或有多人與你共處的時候，由於彼此觀點、境界的迥異，無從溝通、認同，甚至話不投機半句多的時候，這人也會感到無端的孤獨。

孤獨不是孤僻，孤僻是有著某些自身的怪癖，不能融入群體，有意自鳴清高，或自外於他人。

孤獨會引來某種程度的寂寞，但是，慣於孤獨的人是不怕寂寞的，這人甚至可以默默的享受、咀嚼他的孤獨與寂寞，並且樂在其中。

害怕孤獨、不耐寂寞的人，可以想方設法來排遣孤寂。排遣的方式，有的是有意義的，有的是無意義的。有意義的，如：尋求親情、友情、愛情，的相互滋潤，也可從事某種有益身心的嗜好與娛樂，藉以驅走孤寂；有些排遣寂寞的方式是沒有意義的，甚至是有害自己身心，並且會騷擾到他人他物，那就是無聊的層次了。

寂寞與無聊有著層次上的不同，寂寞通常是較為內斂的，寂寞也許會叫人想不開、鑽牛角尖，但是，寂寞不會無緣無故去招惹他人。

常常聽人說，無聊死了，無聊死了，有的是說自己無所事事，感到無聊；有的是說他人無聊，莫名其妙地來招惹自己。無聊若只是在嘴巴上說說，但說無妨，要是隨意的做了甚麼傷人害己的無聊事，那可真是太無聊了！

無聊和閒暇是如影隨形的好朋友，閒暇在哪兒，無聊就在哪兒，把閒暇打發走，無聊也就消失無蹤了。

丟了班機　掉了機票

十多年來，我們在各地旅遊，發生了兩件意想不到的事，一次是丟了班機，一次是掉了機票，但都不是我們自己的錯。

一九八八年五月，我們夫婦要從台灣前往美國東部Ohio，不知道怎麼走法？就把買機票的事，交給旅行社去安排。

旅行社的職員說，坐聯合班機可以一票到底，經過日本羽田機場停一下，由西雅圖進關，轉機到芝加哥，再轉機到匹茲堡，就很靠近目的地了，接機的人到匹茲堡機場接人就行了。旅行社把一站一站接駁的時間也都計算進去，有的機場要等三小時，有的機場等兩小時，芝加哥歐海爾機場，等候的時間最短，只要等四十分鐘，我們想，這樣很好，就依照旅行社這麼安排了，然後，寫信告訴Ohio的朋友，把我們到達的時間也告訴他。

誰知道，班機在芝加哥降落時延遲了十分鐘，這一下，轉機的時間只剩下半小時了，想想，應該還來得及吧，依我們老土的想法，轉機，不過從這個機門下來，到另外的登機門上機，哪裡會需要半個鐘頭的時間？

錯了，我們是用台灣中正機場的大小比例來估算的，芝加哥歐海爾機場，不是普通的大，它是太大了，而且班機降落的機門和我們要轉機的登機門，不在同一個建築內。

趕快探聽櫃台人員，依照他所指示登機的建築物，要坐機場內的地鐵才能到達。凡是用腳走的路程，我們都拼命的跑，好像007情報員，後面有殺手追殺似的，然而，追殺我們的，是每一秒鐘的時間。

到達登機區登機門了，1、2、3、4……25、26、30…49、50……89……91、92……終於到了，但是，往匹茲堡的登機門，已經關上了，從窗口望去，我們的班機正在向後滑動，退後，退後，退後。我們找櫃台小姐，告訴她，我們是這一班班機的乘客。這時候，陸續還有四位乘客氣喘吁吁的跑來，想來他們的情形是和我們一樣，都是從西雅圖飛來的同班機的旅客。一位男士，看到登機門已經關上，班機正在後退滑動，他氣得用手拼命捶打登機門，嘴裡不斷的發出叫罵聲。櫃台小姐看到有六位乘客未能及時登機，立刻用無線電電話，連絡班機機長，要機長把飛機再滑回來，讓我們幾個旅客上機，但是，機長不肯。我們眼睜睜的看著自己的班機昇空揚長而去，就這樣，我們丟掉了這一班班機。

還好，外子的語言可以講得通，他繼續跟櫃台小姐交涉，告訴她，來不及登機，不是我們旅客的錯，是西雅圖飛來的聯合班機，延遲降落，給我們轉機的時間，根本不夠，現在怎麼辦？我們要櫃台小姐協助我們想想辦法。櫃台小姐立刻打電話向上級請示，交涉的結果，聯合航空願意讓我們改搭次日早晨五點鐘飛往匹茲堡的班機，航空公司並提供免費晚餐與當晚旅社住宿，及一通十分鐘以內免費的國內電話，讓我們通知接機的明友。

對於聯合航空為旅客這樣負責任的安排，除了感謝之外，我們自已多少也有幾分不幸中的幸運吧？

九七年四月，我們夫婦帶著女兒跟團從洛杉磯前往大陸旅遊、探親，並與從台北出發的大兒子、媳婦相約在西安會合，然後同往洛陽探親並觀賞牡丹。

在北京，由全陪幫我們確認回美機票。想不到，全陪把女兒的那張機票弄丟了，導遊丟掉旅客的機票，是很嚴重的失職，但是，這位全陪處理事情很離普，他用的是耍賴的辦法，他不承認我們交給他的是三張機票，現在問題是，機票交給他時，沒有寫下收據，雖然我們有六隻眼睛看著他拿走了三張機票，卻爭辯不過他不承認的一張嘴。重要的是，我們要在三五天之內辦好補票手續，這比和他爭辯更緊急得多。

全團的朋友都知道我女兒的機票被弄丟了，大家都為我們著急，替我們想辦法。而最好的辦法，就是導遊要趕快打電話到他所屬的旅行社進行補救。全陪也答應要幫我們打電話，一直到旅遊團離開北京，到了西安，全陪都沒有給我們肯定的回話。女兒只好自已打電話到上海總公司，老闆很負責，他說已經在進行補票當中，一定趕得上，要我們放心，不過，補票的錢，旅客要先行墊付，自墊的這筆錢，要等回到出發地點才能退還。

遊畢西安，旅遊團的下一站是上海，團員們比我們先一步離開旅館，剩下的只有我們一家人尚在旅館等待前往洛陽的快車。結賬的時候，又有怪事，訂給我兒子、媳婦住的那間房間，這位全陪打了一百五十多塊人民幣的電話未付費（這房原是為我們訂的，兒子住房前是全陪住）。現在全團已經走了，追不回來了，旅館把賬算在我們頭上，我們也只有付錢自認倒楣了事。

大陸的好山好水，被低劣的旅遊服務品質，這麼樣的來糟塌，真叫我們見識到了。

只要稱職　不要任勞任怨

許多人都說，「做人真難」。其實，做一個成功的家庭主婦尤其難。難在哪裡呢？難在做不到十全十美的地步。因為，在家庭方面，她也許是丈夫心目中的好妻子，卻不是理想的母親。也許有良母賢妻的條件，在公婆眼中卻不是好媳婦。在個人方面，也許她很懂得衣著化妝，卻拙於烹飪。也許她精於花錢的藝術，卻缺少支配時間的本事。也許她喜歡閱讀、寫作、佈置居室，卻不願整天洗洗擦擦地埋首在油膩中……所以，一個家庭主婦要想做到面面俱到，需要有很高的智慧。

「任勞任怨」這四個字很折磨人，也沒有一定的界限。我以為大多數的人，都不能長期的接受某種折磨，家庭主婦為甚麼要拿這四個字來當座右銘呢？就算你願意為這個家庭做牛做馬，鞠躬盡瘁，也不能詮釋幸福的境界。世間多的是妻子美麗賢淑，而丈夫偏愛在家做老爺，出外又拈花惹草。如果丈夫懂得憐惜妻子，妻子何須任勞任怨？如果丈夫不懂得憐惜妻子，任勞任怨反而增加他跋扈的氣焰。因此，我不同意家庭主婦須要絕對的任勞任怨。

怎麼樣做一個現代的家庭主婦？這個問題是見仁見智的。它可以單純到只剩下吃睡睡吃，也可以複雜到容納得下世間所有的學問。以我個人的觀察與體驗，不管是純家庭主婦或職業婦女，如果能夠從以下幾方面先去著手，就很接近稱職的主婦了。

一、重視家人的健康：不可否認的，健康的身心是快樂人生的源頭，也是人人所追求的。有了健康的身體，才能享受世間的一切，才能服務社會人群，才能……，否則，就算你有了全世界，又有甚麼意義？所以，家庭主婦主要的課題，就是照顧自己和家人的健康。個體的健康，首重營養和衛生，家庭主婦隨時隨地都要多多充實這方面的知識，因為許多疾病是由缺乏衛生常識引起的。像某些心臟血管的疾病，就是因為長期的攝取過量的動物脂肪與高膽固醇食物而引起的。肥胖除了有遺傳因素的人以外，大多數都可以從正確的飲食習慣，加上適當的運動而避免，不要等到過胖了再來減肥。尤其是家裡有青春期少女的家庭，媽媽更要注意飲食的調配與減肥的知識。我常看到她們用了不當的減肥方法，造成人為的虛弱與缺失，甚至失去健康與寶貴的生命。如果家庭主婦能夠及早注意與防範，就可避免許多無意造成的悲劇。此外，家庭主婦也要懂得簡易的護理常識，一旦家人有了疾病，至少知道第一步要做甚麼，不至於耽誤病情而危及生命。

二、家庭經濟的支配：人的慾望很難下定論，有的人有了華屋、名車、珠寶……還不滿足。有的人只要三餐溫飽，家人健康和睦，小屋可蔽風雨……就感謝天地。所以，不管你是高收入或低收入的家庭，總要量入為出，把家用很平均地分配給家中的每一個成員，包括他們的食、衣、住、行、育、樂各方面。不可因為先生是賺錢的人，就把支出偏重在他一個人身上。也不可以因為自己有權分配，就貪婪地多花在自己身上。更不可以因為某個孩子聰明乖巧、功課好，因而得寵，有求必應，造成他在金錢上無止境的需索，而影響其他孩子的權益。除此之外，要做到不浪費、不吝嗇，並且要準備一筆不是所謂私房錢的緊急基金，一旦有了意外發生，才不會手忙腳亂，東挪西借。

三、時間的支配：家庭主婦要把自己的時間分成兩大部份，一是與家人共處的時間，一是自己獨處的時間。共處的時間也是要分配給家裡的每一個成員，關心他們的事業、學業、生活起居以及觀念上的溝通，不可因為小兒子、小女兒比較得寵，就忽略了與其他成員的親近。

如果是純家庭主婦，先生、孩子上班、上學以後，才是自己獨處的時間。獨處時間也要妥善安排，才不會造成寂寞與忙亂。怎麼樣安排？這要看個人的能力與興趣。事實上家務事是做不完的，所以要偷閒安排一點兒調劑自己身心的讀書、音樂、手藝、健身、美容、訪友、參觀……等等自己喜歡的節目，不斷充實自我，生活才顯得踏實、有義意。

以我自己來說，我沒有唱歌與舞蹈的天分，不可能去參加合唱團，土風舞的每一個動作我都跟不上，只好在家做做柔軟體操、看看閒書、剪剪報紙、寫寫心得，寫順了就投出去。到了它變成鉛字的時候，也可以滿足一點兒小小的成就感。稿費來的時候，家人圍繞著我要我請客。這個請客的錢，是來自我的思想加上我的時間。

四、帶動家人：鐵打的機器，也有停擺故障的一天。家庭主婦是人，她也有會疲累、會生病的身心。因此我以為，家庭主婦沒有必要從頭到尾凡事躬親。許多整理和清潔的工作，可以採用輪流、或是大家一起來的方式，讓家人共同來參與，我們主婦只要在緊要關頭帶動一下。甚至於上菜市場，偶爾也可以安排在假日或星期天，讓全家人出出主意，免得自己窮傷腦筋。隨時隨地歡迎他們來幫忙，不要說「走開！走開！越幫越忙！」難道要把他們製造成茶來伸手，飯來張口的老爺、千金小姐、小少爺，然後再來自嘆自己命苦，反復嘮叨責怪他們沒有用？凡事帶動，就可以做一個輕鬆快樂的家庭主婦，而不是灰頭土臉的黃臉媽媽。

至於要不要參與社會活動或學習某種技能，還要看個人的能力與經濟情況，無論學習甚麼，總以不太影響家庭生活為原則。如果你喜歡每天早晨去跳土風舞，那麼，家人的早餐呢？早餐是一天中最重要的一餐，吃得好，一天精神飽滿，不能長期的隨便馬虎。

讓我來說一個真實的例子：若干年前，我家附近有一戶人家，男主人是現職軍人，家裡大大小小有五個孩子，最大的十三、四歲，最小的不滿三歲，這一家的主婦，教育程度也不高，能力也有限，照顧一家七口的生活都有困難，何況他們還養了兩隻豬？這位女士偏偏有參與政治的慾望，出來競選甚麼鎮民代表。那時候有婦女保障名額，只要沒有第二位女性出來和她競選，她就一定當選。雖然不必花太多錢，但是也要做做樣子，印些競選海報和傳單。那時候軍人的待遇並不高，先生是好先生，舉了債來滿足妻子的願望。競選期間，先生一下了班，夫妻兩人就聯手挨家挨戶的去拜託。可憐幾個孩子，大的照顧小的，小弟弟尿濕了，姊姊找不到褲子在哪裡，姊姊背著弟弟出去找媽媽，鄰居看見凍得發紫的小屁股，給他一條褲子穿。後來當然選上了，可是，有誰忍心讓這樣的女性來替婦女同胞服務呢？

我的意思是說，人總要自立而後立人，先把自己的家弄好，有餘力再談其他，否則就是捨本逐末。

治理一個家庭就像治理一個國家，家庭主婦的任務是既艱巨又煩瑣。任你有多少學問也不嫌多，任你有多少精力也做不完，想要做到十全十美，很難吶！

半職半薪樂逍遙

柴松林教授曾經對臺灣地區年滿十五歲以上的本國婦女進行抽樣調查，調查報告顯示，婦女尋求部分時間的工作，在婦女個人最關心的十項問題中佔第九位。這件事情對未婚的職業婦女或婚後孩子已長大的職業婦女，也許不具甚麼意義，但是它對體質較弱或家有幼兒又無處可托的職業婦女就有意義了。

一般說來，職業婦女每天上班八小時，加上往返交通的時間，有的連中午也不能回去，這樣算起來，除了週末假日，每天至少有十個小時不在家，看不到孩子，心中那一份牽掛，只要是做母親的人，都體會得到。因此，家中有幼小孩子的職業婦女，普遍有希望縮短上班時數的想法。當然也有部分的女性，必須共同負擔家計，或體力好，事業心重，有工作狂熱，她寧可日復一日奔波於「魚與熊掌」之間，對於這樣例外的女性，我們只有佩服。但是我相信，大多數的人，男人也一樣，不能長期承受某種壓力。你看，有些先生們，經過一天的工作衝刺之後，最好來點兒輕鬆的，甚麼家務、孩子，全丟到腦後了。然而有家庭孩子的職業婦女卻輕鬆不起來，她經過十個小時在外的奔波之後，回到家裡還有很多家務等著她去做。還要再做幾個小時沒有薪水的工作誰知道呢？許多婦女在這種精神與體力雙重透支之下，沒辦法可想，於是就想：不必整天都在外面上班多好呢？我相信這也是不得已的想法。如果丈夫能夠替她分擔辛勞，或經濟能力許可，請女傭、請保母，幫忙做家務，幫忙帶孩子，職業婦女何致於要在自己工作時數上動腦筋？每一個人每天都只有二十四小時，看你把重心放在哪裡，如果你一心一意為工作、為職業、為事業，家庭和孩子能分到多少時間呢？如果你要把家裡弄得井井有條，會不會又影響到外面的工作呢？假設不會影響，為甚麼許多要求比較嚴格或比較忙碌的機構，不歡迎已婚的婦女呢？甚至本來就在工作線上的婦女，因為結了婚，有了孩子，而被迫退出自己原來的工作。我們幾曾見過男士們為了結婚成家而放棄自己的工作呢？從這裡可以証明，組織一個家庭，對女性的影響要比對男性的影響大得多。

婦女往往在受不了煎熬的時候，考慮放棄職業，而放棄職業最可能的私人因素，就是因為沒有理想的處所托寄孩子。但是，孩子會長大，十年八年之後，接二連三地都上學了，白天剩下主婦一個人在家，她覺得又可以出去工作了。可是，這談何容易？在人浮於食的社會，哪裡有你的位置？就算你有勇氣去應試，恐怕連年齡都超過。好多機構報考的條件，女性的年齡多限在三十五歲以下。這種限制，實在有矛盾，教人啼笑皆非。其實，只要是在適婚年齡結婚的女性，從結婚組織家庭開始，到三十五歲這幾年之間，是她問題最多的時候。懷孕，生孩子。再懷孕，再生孩子。不要多，生兩個好了。兩個孩子所牽扯出來的問題有多少？問問有兩個孩子的父母就知道了。所以我認為，真正可以全心全意投入工作的已婚婦女，是在她的孩子十歲左右以後。這時候，她的年齡也在三十五歲上下了，也就是說，三十五歲以下家裡有幼兒的職業婦女，如果她不願意放棄職業，最需要有部分時間（半職半薪）的工作機會。

當然不是所有的工作都適合兩人來共職，至少有許多同性質、同專長的職業範圍，可以兩人共職。例如：中小學、幼稚園的教師、會計、護士、店員、基層公務員、一般僱員等，這些職業範圍，都不會因人員的中途變動而影響到整體。

不過由於傳統的行政制度問題，政府機關或公營機構，對施行半職半薪一定辦不到。希望小型的企業或是民營機構能夠率先試辦。漸漸推廣，以致於建立起半職半薪的人事制度，這對家中有幼兒的職業婦女，實在是功德無量！

其實，部分時間的工作制度，對資方或老闆也有很多好處。第一、因為工作時間短，員工不輕易請假。第二、部分工作時間，付部分薪水，不需要付整月薪水。第三、把一天的工作濃縮在一個時段做完，做完之後即行下班，不至於工作做完之後因無事而偷閒做自己的事。第四、可以自由調整工作時段，如果是十點到十二點或其他任何時段為工作尖峰時間，就在這個時段多請人，這對勞資雙方都有好處，也給家中有幼兒的婦女多幾個工作的機會

想當年我自己的孩子幼小時，雖然我把個人的收入全部用來請人照顧孩子，換來的還是緊張、忙亂與無奈。尤其是孩子生病的時候，不要說沒有時

間做自己喜愛的事，就連吃飯、睡覺好像也可以馬馬虎虎的將就過去。十幾年的歲月，就在天亮，天黑，跑出，跑進，上班，回家，奶瓶，尿布，醫院，學校……以及孩子們的笑聲淚影中恍恍惚惚地過去。面對著自己心愛的小說，還要等到晚上上床以後，瞇著矇矓的雙眼偷看幾頁。那時候我也想過，如果只上半天班多好呢？

多年後，我真的找到半職半薪的工作，對我來說已經是太晚了。因為，孩子都長大了，我願意毫無牽掛地出去工作，但是，我已經不可能再回到三十五歲了。好在我的老闆還不嫌我年紀太大，反而說年輕人太容易跳槽，別的公司多付他們五百、一千薪水，他們就跑了。後來的這個工作，我每星期只工作二十小時，我的搭檔者年紀和我差不多，她上上午班，我上下午班。我們兩個接力把工作做得很好。我們的老闆們既聰明又隨和，萬一和搭檔者兩人有甚麼臨時的私人急務，想換個班，老闆總是說：「好吧，你們兩個協調好就好啦。」為人處事都要懂得分寸，別人越是給我們方便，我們越要更加自律。我們不遲到不早退，更不需要請假。這樣的工作，對我豈僅是沒有壓力，簡直是有些逍遙。於是，我又有時間沉思，也有時間讀讀閒書爬爬格子了。

半職半薪的工作制度，對某些婦女來說，是值得試行的一種制度。

垃圾從哪裡來

時至今日，垃圾的處理雖然已經發展成學者專家的重要課題，但是垃圾的初步處理卻是每一個國民所不可推卸的責任。如果製造垃圾的人不肯協助初步處理垃圾，那麼誰更應該處理大眾的垃圾呢？

我們常看到人人都把垃圾往外丟，丟出去以後就沒有自己的事了。要建焚化爐，不要！不要建在我們住家這一區。要建垃圾掩埋場，不要！不要建在我家附近。地方政府找好了準備建掩埋場的地點，不要！大家來抗爭，大家手牽手團結起來，阻擋工程車開到掩埋場工地去。總是看到這樣的戲碼在臺灣的許多角落不斷的上演著，那麼請問，垃圾是從哪裡來？到底又要讓垃圾往哪裡去呢？

據我所知，目前已經有很多家庭、學校，教育孩子，要求孩子們從小要有公德心，不可隨手丟棄垃圾。但是這種教育宣導還是不夠普及，隨手丟棄垃圾的還是大有人在，要不然，政府單位何須僱用許多清潔工人在街頭巷尾清掃垃圾呢？大家有目共睹，垃圾車定時定點在清運垃圾，公用垃圾筒到處林立，政府單位在處理垃圾方面並非沒有盡力，主要還是因為公眾不能好好配合。不少大眾以為，自己家裡不能亂丟垃圾，家門以外公共的場所，諸如：馬路、公園、公車、電影院……等等，等等，不是我家，可以亂丟。來舉一個例子，有一次筆者乘坐新店客運車，鄰坐來了一位老先生，蒼蒼白髮讓我直覺應該讓坐；不過他齒牙並未動搖，一坐下來就從提包裡拿出一包瓜子，邊嗑邊往坐位四周丟棄瓜子殼，一路上就這麼製造噪音和垃圾，我沒有辦法取締，幾次側過臉對他瞋目怒視，希望能夠藉著我不滿的目光使他停止，但是他無視於旁人的存在。像這樣的頑劣分子，只有施以重罰，罰款或罰以若干時日的清掃勞役，讓這些不知自愛的頑劣分子也去掃掃馬路，你丟我撿太便宜他，也太消極了。

首先，要訂出清潔法規來，在美國此類事件公車司機有權來管，誰在車上不守規則，司機立刻請他下車或叫警察來，這在我們國內也許認為是小題大作，大家都不以為意，所以人人就可以我行我素了。

垃圾分類，事實上早在施行，但是並不撤底。

在許多垃圾種類中，哪些是有毒的，一般大眾並不清楚。

其次，「醫療垃圾」也難處理。所謂「醫療垃圾」是指從各級醫院、診療單位所丟棄的廢棄物，包括醫療廢品、各科廢棄的敷料、醫學檢驗的廢棄物、人體器官的排泄物、病變摘除的人體組織和器官、過期及有毒的藥品……等等。大型的醫院當然都有自己的焚化爐，但是，小型的醫院、婦產、外科診所、獸醫醫院，所產生的這一類垃圾，恐怕不會儲存自家庫房，多半都是交由垃圾車運走。這些危險的垃圾，汙染的程度和汙染範圍的嚴重，可想而知；尤其塑膠注射針筒問世之後，一個針筒至少配備一個金屬針頭，一組只用一次，用後即丟，用時固然方便、安全，試想想，把這些帶有針頭的塑膠針筒堆積起來，變成一座「針筒山」的時候，其災害是你我可想像得到的嗎？

再如電子產品問世，手機、電腦等等相關的廢棄物、一般塑膠、保麗龍用品所產生的垃圾，不久就能改變地球的面目，有識之士，為此憂心忡忡。一般大眾，怎可一丟了事？

為了下一代以及減緩地球的災難，我寧可再回到沒有塑膠袋的時代，家庭主婦每天再提著布袋和竹籃去買菜。每家每人每天少用幾個塑膠袋，一年三百六十五天，可以少丟多少個塑膠袋呢？我也希望出外外食的朋友們，能夠回到自己帶金屬飯盒、帶餐具的時代，就可少扔無數無數的免洗餐具。環保人士無不大聲疾呼，大家幫幫忙吧！

說到底了，垃圾是人類製造出來的，每一個人，從出生到死亡，甚至未出生以前（婦產科檢查）和死亡以後（殯葬業），無時無刻不在產生垃圾，所以徵收清潔規費應以個人為單位，才接近公平合理。

政府負責單位，要多多借鑒國外經驗，尤其香港、新加坡，這樣地窄人稠的華人地區，人家是怎麼解決垃圾問題呢？

這十多年以來，我住在美國南加州一個人口約十萬的小城市，是個新興社區，美國社區區隔多半是工業區、商業區、住宅區不混雜在一起。我們這個住宅區，也有垃圾掩埋場，掩埋場在住宅區外圍邊緣上，只掩埋本住宅區住戶的垃圾，沒有其他垃圾越區傾倒在本區的掩埋場，也就是說，自己社區的垃圾，掩埋在自己的區域內，就像，新店區的垃圾，在新店區掩埋（而且逐年把飽和掩埋場綠化），居民有甚麼好抗爭的呢？若是要把新店區的垃圾，運往新莊去掩埋，沒有和新莊居民協調，不給新莊某種可交換的利益，新莊居民怎麼能不奮起抗爭呢？

再說，如果老百姓對政府發包、施工的品質有信心，不會偷工減料，不會因掩埋垃圾，而造成地區的汙染與災害，居民又何需抵死抗爭呢？

假設，清潔法規不能落實，民眾也不守法，垃圾戰爭將是永無休止的持續下去了。

地球村是人類的家園，與其大家競賽往太空去，不如先來競賽把烏煙瘴氣的家園給打理打理，別個星球的主人才會歡迎啊！

毒蛇驚魂記

一九九一年冬天，我一個人從洛杉磯回到台北，回去了就和老三住在新店老宅。

有一天，我在庭院裡看到一條翠綠色的小蛇，因為天氣冷，牠蜷縮成一小團，動也不動，趴在萬年青的綠葉子上。

我叫老三來看，老三看了一會說：

「這是青竹絲，台語也叫『赤尾鮐』，因為牠的尾巴尖端是暗紅色的，這是毒蛇。」

老三覺得這蛇翠綠翠綠的，甚是好看，無意去弄死牠，他拿來一根小棍，一個透明的塑膠袋，用小棍子把蛇撥弄進袋子中，當時牠縮成一團，像睡著了似的，棍子輕輕一撥，就進入袋子中了。然後他把袋口捆緊，旁邊扎個小洞，讓牠可以透氣，否則這蛇會被悶死。老三提著塑膠袋又觀賞了一會兒，而後把牠掛在屋子外牆的一根釘子上。我當時以為這蛇快死了，事後也沒有追問小蛇的下落。

沒幾天，老三出國去了，我自然也忘了那條小蛇。

過了一兩個月，天氣暖和些了，大約是三月裡的一個週末，大兒子和媳婦回來和我一起吃個晚飯，吃完飯，媳婦有事要回娘家，他們走了，我開始收拾飯廳和廚房，發現這蛇在我飯廳的櫥架上遊動，口裡吐著蛇信子，我看著牠，牠看著我。

若是平常，家中有人，遇到這情形，我只管大聲一叫，由著先生和孩子們去處理便得。可是此刻，家裡只有我一個人，兒子和媳婦剛走，怎麼辦呢？我要自己想辦法，不能讓蛇跑掉。

一向最怕蟲、蛇的我，連蚯蚓也不敢去碰，過去在院中草地上偶爾也見過蛇，用棍子趕走或是自己躲開就是了。但是今天牠在我屋子裡，如何趕走？不如學學老三，再把牠請進塑膠袋。這麼一決定，我拿來一個透明的塑膠袋，戴上一付洗碗用塑膠手套，我左手拿著大開袋口的袋子，前伸右手趕蛇。只一秒鐘，三角形的蛇頭閃一下，我右手的大拇指像被針刺那樣痛一下，我知道我被蛇咬了，塑膠手套完全沒有用，這時才想到，剛才若是先拿一根棍子在手上就好了，這是事後的聰明，於事無補了。

我知道這蛇是毒蛇，現在事情大條了。家裡沒有第二人在，我必須緊急自我急救，立刻脫去塑膠手套，打開水龍頭，一面擠血一面沖水。找來一根繃帶，捆緊傷口上方的腕關節處。下一步，拿好錢包、鑰匙，準備上醫院。打個電話找兒子，他不在，我留話。再撥電話給好友，她家住在耕莘醫院附近。這樣耽誤了有十五分鐘，我衝出去叫計程車，一面跑，一面告訴遇見的熟人，我被毒蛇咬，心裡想，萬一毒發無救，也有人知道我的死因。如果是被百步蛇咬，可能三、五分鐘之內就倒下去了。

上了計程車，遇見好司機，他問：「太太，你怎麼啦？要去哪裡？」

「我被毒蛇咬，耕莘醫院，你知道嗎？」

「不知道。怎麼走最快？」

「過碧潭橋，立刻左轉，走環河路。」

到了急診室，我把自己交給醫護人員，心裡不停的唸：「南無阿彌陀佛！」護士為我掛上點滴，醫生準備在我右手大拇指第一節縱切二公分放血，同時用生理食鹽水沖洗傷口，打毒蛇血清，一步步依序進行。

我的好友和我兒子、媳婦也先後趕到急診室。

我的神智一直都是清醒的。

兒子問：

「毒蛇在哪裡？」他連忙跑回家，把小蛇解決了，蛇屍交給醫生，証明這蛇確是青竹絲。牠的大小長短和一般吃飯用的竹筷差不多。醫生說：

「不要看牠是小毒蛇，就對牠大意了，小毒蛇一樣是很毒的！」

這是十多年前的事。俗話說，一朝被蛇咬，十年怕草繩，對我而言，一點不錯。此後，我甚至在創作童話故事時，下筆也都格外小心。童話故事中，動物可以擬人化，但是，絕對不可以把危險、骯髒的動物，寫得很可愛，以免誤導小讀者。喜歡養寵物的朋友，也要三思，你瞭解那種動物嗎？請以我的可怕經驗為鑒！

婆媳問題的省思

自從宏兒和阿宣結婚之後，我升級做婆婆了，因此對婆媳問題有了想要深入探討的必要。

我們平常看到或聽說的婆媳問題每一家都不一樣，現在僅就最容易引起衝突的幾點，提出我個人的看法和思考。

首先我想不通的是，時代已經進入到征服太空時代、電腦資訊時代，我們中國婦女樣樣都想迎頭趕上，別的不說，先說在街頭最容易看到流行的服裝與髮型、化妝等，藉著各種媒體的傳播，無論巴黎或倫敦新流行的時髦服飾，用不著幾天，我們國內的婦女就會迎頭趕上，唯獨婆媳問題則永遠背負著封建時代的小包袱，這件事實在令人費解。

封建時代的女人，大多數沒有受教育的機會，沒有職業，沒有經濟來源，在社會上也沒有地位。她們在家做女兒，等著的就是長大了好嫁人。嫁到婆家，一切又要聽從婆婆的，要等到自己做了婆婆，才能抓到一點兒統管媳婦的權力，一代一代沿襲下去，「多年媳婦熬成婆」，自己才能出口氣。萬一她沒有個兒子女兒，那她這一生就萬劫不復了。現在的女人跟男人一樣的受教育，只要不犯法，只要自己有本事，甚麼事不能做呢？也就是說，現在的婆媳，除了輩分要分大小之外，其他很多事情，媳婦不一定要聽婆婆的。如果做婆婆的老是丟不掉封建時代的小包袱，以為做媳婦的一定要聽婆婆的，那她無異自尋煩惱。同樣的，現在的媳婦，如果開口閉口就說婆婆沒知識，也是不合時代的。因為很多現代的婆婆，都是職業婦女，說不定她在某機構裡，還是能力很強的主管呢！所以，現代的婆媳，第一件要做的，就是彼此互相尊重，不可以存著要壓倒對方的想法。

從前的人都說「養兒防老」，現在這種說法也落伍了。現在許多人都認為，生兒育女是為了要盡自己的責任。你看，一個母親從她的孩子呱呱墜地開始，就日夜的付出心血，不斷的盼望等待，盼她的孩子長大，受教育，希望他很順利的成家、立業。所謂成家，指的就是兒子娶妻吧？兒子娶了媳婦兒，做母親的責任就算告一段落了，往後的日子，做母親的應該是逐漸的退出兒子的生活圈，由媳婦去接力，兒子和媳婦又肩負起養育下一代的責任。人類社會就是這樣一代一代延續下去，怎麼可以說兒子是被媳婦搶走呢？如果「搶走」這個說法可以成立，那麼一個女人究竟追尋的是甚麼呢？她不希望兒女長大？她不希望兒子成家？難道一個母親希望兒子娶妻之後，仍然只愛母親，不愛妻子嗎？這種期望是違背人性，違背常理的。我可不願意我的兒子到了三、四十歲的時候，還只賴著跟母親過日子。

我們應該更關切兒子和媳婦是否真正相配？是否真正相愛？小倆口兒恩恩愛愛，甜甜蜜蜜，不正是做母親的心願嗎？如果媳婦不愛兒子，只愛婆婆，那才是新聞哩！我以為婆婆和媳婦的關係，不是敵對，是互惠的。婆婆為媳婦生養了一個她願意托付終身的丈夫，媳婦則逐漸地分攤婆婆卸下的責任。就像接力賽跑一樣，一棒一棒地跑完各自的人生旅程。

從前的婆媳常常會為金錢的問題起糾紛，從前的女人，因為受教育少，自己沒有職業，沒有收入，做媳婦的要向丈夫或是婆婆伸手，也可能是做婆婆的要向兒子媳婦伸手。現在的媳婦都會自己賺錢，很多婆婆也都有職業，誰也不用向誰伸手。現在的人養兒育女，都是抱著盡義務的心理，很少有人指望，有朝一日等著兒女來回報。當然，兒女若有能力孝敬父母，是應該的，如果沒有能力，也不能指責其為不孝。金錢來往，就是父母子女之間，也要出於自由意願，絕不可以像納稅一樣，固定要納多少來。有的兒女願意把錢交給父母，有的則喜歡自己管錢。兒子和媳婦有多少收入？若不是他們主動要告訴你，做婆婆的也不必多問，問來問去惹誤會。假設，父母年老，有了病痛，經濟方面不能自理，兒女、媳婦袖手旁觀，也是不合情理的。

兒子娶媳之後，是否與父母同住也是問題。農業社會裡，因為需要人力，媳婦娶進門，就像娶來一個用人一樣，要伺候公婆，要燒飯，要洗衣，要上山，要下田，就連生孩子也不能好好的休息。臺灣鄉下農家，現在還有這樣的媳婦。要準備一大家人吃喝，洗起衣服來一大堆，有公公婆婆的，有自己丈夫和孩子的，有小叔、小姑的，真是折磨人！而城市裡部分職業婦女，又倒過來，要婆婆看她的臉色，最後只有不歡而散。我以為，兒子媳婦願不願和公婆同住，要看雙方的意願和條件。小輩有能力出去自組小家庭，是一件好事。如果是和家人同住，則不可過分妨礙彼此的自由和隱私權。

以我自己的情形，我會由著兒子媳婦自己做選擇。如果他們願意大家同住一起，我也不反對。我自己平常怎麼處理家務事，有我自己的日課表，不會因為媳婦進門了，凡事去依賴她。我家媳婦絕對沒有義務要洗公公、婆婆、小叔、小姑的衣服；偶爾互相支援，這是人之常情，許多小事，也不容易畫清界限。買菜、做飯，對我來說，多了一個媳婦，只不過多了一雙筷子，難不倒我。媳婦願意幫忙，也不會超過女兒願意幫忙的範圍，摘摘菜葉，洗洗碗筷，我們家連男孩都很在行。如果我的媳婦在家做姑娘時就很能幹，就讓她偶爾大顯身手，煮一餐給我們大家吃，我們大家做她的助手，又有何妨？住在一起的人，無論甚麼關係，不一定是婆媳，其中如果有人偷懶，有人挑剔，有人計較，一定很難相處。要和諧相處，只有合作。誰會，誰有時間，誰的精神、體力好，就一起動手去做。凡事依賴，凡事計較，凡事推拖、逃避，還算是一家人嗎？

婆媳相處不好，有時候是由旁人挑起來的。最可能的關鍵人物，多半是小姑。姑嫂不和，很容易引起婆媳的爭端。做婆婆的一時失察，就捲入紛爭。大姑也可能加入挑撥行列，但是大姑也許已經出嫁，摩擦比較少，而且大姑的年紀比較大些，懂得憐惜弟弟和弟媳。小姑一方面是家中的小女兒，平常被家人寵慣了，另一方面，由於姑嫂的年齡很接近，這兩個年輕女人，如果個性不合，往往言語起衝突，戰爭一觸即發。許多女人肯和大姑妥協，不肯輕易讓小姑佔了上風。小姑吃了敗仗，會到媽媽面前告狀，婆婆總是把已婚的媳婦看成大人，未婚的女兒看成小孩，不管誰是誰非，先把媳婦責備一番。於是，姑嫂婆媳間的紛爭，世世代代惡性循環不已。我家女兒自小跟哥哥、弟弟在一起時是尖嘴利舌，可是對他大嫂十分尊敬。將來她們姑嫂間若是有了甚麼爭執，我這做婆婆的如果做不成和事佬，也不至於愚蠢到為了區區小事，把自己捲入一場混戰。何況女兒也要出嫁，她也有機會碰上厲害小姑，寄語天下小姑，不要去做婆媳戰爭的罪人。

古往今來，婆媳紛爭的悲劇故事，說也說不完。只有雙方能夠從大處著眼，不要在小處挑剔，雙方把想法和做法適度調整，相信婆媳的衝突就會改善。

有一次，我問一位年輕的女同事：「你最不滿意你婆婆的是哪一點？」她毫不思索的說：「我最討厭我婆婆一吃完飯就坐下來『吸牙』，看電視，我婆婆吃完飯不去刷牙，也不用牙籤剔牙，就那麼絲絲吱吱的，吸得一屋子都是怪聲音。」這算不算太挑剔了呢？「吸牙」的習慣固然不好，可是她有沒有想到，兒子和媳婦上班以後，婆婆在家裡帶著孩子兼做家務，沒有這個愛「吸牙」的婆婆，兩口子能夠那麼逍遙自在嗎？

幸好我沒有「吸牙」的習慣，要是有，也要趕快改。一個人年紀越大應該越可愛才對。如果年輕時不是好媳婦，到老了又變得無知、糊塗、愚蠢、跋扈、貪婪、嘮叨……。那麼，討人嫌也是應該的了。

攀登人性金字塔的巔峰

有一位男士先生當著媒體說，「女人太感情用事，不適合玩政治。」這麼說，實在是太武斷了。

女人並非個個都「太感情用事」，所謂太感情用事，換句話說，就是太感性吧。感性是較溫柔的。理性是較剛硬的。溫柔與剛硬，何者為優？難下定論，這要看用在甚麼地方？甚麼層面？如若用在研究「物」的層面，如：自然界、科技、數理……那當然必以理性為基礎；如若用在研究「人文」層面，如：藝術、文學、政治……那或許就是感性的成分居多。政治，是管理眾人的事，女人也是人，為甚麼不可以玩政治？我倒以為，世界上能夠多出現幾位女性政治家（不是政客），社會也許就不會亂象叢生了。

無論男人、女人，如果是純理性，或是純感性，走上了這兩極，必會產生缺陷與弊端。

在生活中，離不開「人」、「事」、「物」，理性與感性，能讓它缺席一項嗎？

不管理性還是感性，都只是人性的一個面，人性是很複雜的，不是就這麼簡單地可以將它來一分為二的。要想達到人性至善、至美的境界，只有將二者恰到好處地揉合在一起。

身為女性，如果能夠在自己的性格中，塑造、培養起理性與感性的兼容並蓄，凡事不是一味硬梆梆地只講一個理，也不是一味軟棉棉地只講一個情（濫情），就會突顯出自我的性格很性靈、很有靈性哦！難道只有女人需要靈性，男人就不需要擁有靈性了嗎？

靈性是人性金字塔的巔峰，擁有靈性的人，玩起政治來，也一定是靈光閃現，而不是殺氣騰騰，讓男人自己來選擇吧。

理性到了極點，若是不知不覺中，攙合了獸性，像歷史上的許多大魔頭，玩起政治來，就是人類的浩劫了。

生活中，親情、友情、愛情、人情，只要是牽扯到一個情字的，無不都是很感性的，除去一個感性，如何能架構起有情的世界呢？

以藝術畫作來說，理性好比畫中的直線，感性好比畫中的曲線，全是直線的畫作，會產生美感嗎？即使是男性，也應該把自己經營成一幅很有靈光的完美畫作，對吧？

靈性不能依靠化妝，要做內修的功課。佛家也說，眾生就是菩薩。我們眾生，即使不是菩薩，有了菩薩的心腸，也很慈悲了。慈悲不是濫情，佛教說，「覺有情」，覺是覺醒，自覺，覺他，這是理性；有情就是感性，佛家心存慈悲大愛，但他也講理性與感性的配合。

我在寫作的時候，多半從女性的感性與理性出發，但我並不排斥男士先生們一起來經營，我更不會直指男人太理性，不適合玩甚麼。歡迎男女兩性，大家一起來攀登人性金字塔的巔峰。

為了「純文學」掉下眼淚

我喜愛的讀物很多，而喜愛到令我兩度為她掉淚的，只有「純文學」。

「純文學」和一般書本大小差不多，但她不是書，是月刊雜誌。

「純文學」雜誌是在民國五十六年（1967）元月誕生的，她比我小兒子的生日晚了幾天，也就是說，在我最後一次生產產後沒幾天，她就成為我的床頭書，她讓我過了一個非常充實快樂、開心愜意的產後月子。

一般雜誌，我閱讀完畢多半會轉贈親友；但是「純文學」雜誌讓我愛不釋手，我又去另訂兩份送給喜愛文學的好友。

「純文學」是由林海音先生發行主編，當時撰稿的作家多是一時之選，也有如新筍一般新鑽出來的新人新手，他（她）們充滿智慧、才華橫溢的作品令我動容。由他們筆下所流露出來的文采，有的燦爛如流星，有的清香冷艷如月夜曇蕾，總之篇篇精彩可讀；讀完一篇，急著想讀下一篇；看完這一月的月刊，等著下一月的新刊到來。那時，我走到哪兒身邊都帶著「純文學」。臥房、客廳、廚房、飯廳常常都有她的蹤影，有時也塞進包包帶她出門，乘車及工作空檔中，也會拿出來瞄她幾眼。

孩子中大的一個漸漸會跟媽媽搶讀「純文學」，小的專等郵差來時，搶著打開封套，大聲嚷嚷，「媽媽，你的『純文學』！」

我因住家、工作都在郊區，雜誌滿期續訂都是由先生下班時順道去純文學出版社代為續訂，他和海音女士有多次面對面談話，回來也說說他在出版社所見，他說：「開出版社非常辛苦，林海音一個大作家，要寫稿，要編輯，要接待，自己還在那裡捆綁雜誌……」

「純文學」雜誌給我們這個單純的家庭，帶來了不少談話的資料和樂趣。

我怎麼又為她掉眼淚呢？因為，再好的純文學刊物，都不一定能夠長久發行，「純文學」雜誌也逃不過虧累賠錢的命運，撐到第六十二期，宣告停刊。好歹她陪著我走過溫馨的五個年頭，就像一位好朋友，每月在固定的日子來和我談心，今後，她不來了，我內心裡無限感傷，自己悄悄地掉眼淚。我寫了一封信，要寄給海音女士，想叫她不要停刊，考慮許久，這封信還是沒有寄出去，仔細想想，總不能因著自己喜愛這本刊物，而讓出版社繼續賠錢。

我第二次為「純文學」掉眼淚，是在前年二月，這一趟我回去臺北，主要是為了要處理房子，很多東西要清理掉。六口人幾十年的東西，我一個人哪能處理得了？先生和孩子也通通買了機票跑回去。這一天，輪到清理書櫃，先生、孩子一向嫌我不肯丟書，他們言下之意，家裡壅塞無用的東西，都是媽媽的罪過。那一刻，他們指著一櫃子的舊書，說，「這些舊書，還看不看？還有妳的『純文學』，我看，都丟了吧？」當時想藏也真的沒地方藏，一時賭氣，我說：「要丟，你們丟，我不丟。」沒想到，他們來真的，唏哩嘩啦，捆的捆，綁的綁，一下子，清潔溜溜，書櫃空空了。等我回過神來，想起書櫃最上層靠近天花板的位置，有我裝訂成冊，六本一冊，從第一期到第二十四期，四大本「純文學」月刊，因我一時賭氣，沒有及時搶救，她從此跟我不再相見了。我也是很沒出息，一想到我收藏了三十多年的寶貝讀物遭到如此命運，悲從中來，我嚎啕大哭起來，因為，這麼好的刊物，找不回來了。

後來的「新人類」、「新新人類」，以及e世代孩子們，多半喜愛漫畫，或是陶醉在e網的遊戲，對這種古舊的雜誌是很陌生的，我的家人也都以為，雜誌看完了就完事了，他們根本不知道「純文學」雜誌，在我心中的分量有多重？

之後，我一心盼望，下一位擁有這些「純文學」的新主人，能夠珍惜善待曾經是我的寶貝讀物。

在我心中也有一個願望，等我下一次再回到臺北，我一定要尋找她的芳蹤，我要到一家一家的舊書攤去翻找，希望能夠再尋回我多麼心愛的「純文學」。

我與海音大姊的一段緣

我不是正統的學文出身，只是一個喜愛閒讀的世間女子，一本好書、報刊、雜誌，一旦拿到手了，總會認真地讀他一讀。

文壇上的聞人、盛事，常是我注目的焦點，只是，早些年，我始終沒有機緣遇見到林海音先生（文壇人皆尊稱林海音先生）。

在我訂閱「純文學」雜誌（月刊）之後，林海音這個大名在我們家一天天地響亮起來。「純文學」雜誌的廣告剛打出來，我就訂閱了。那時候，孩子們還小，經常有郵差來的時候，連我們家的狗狗在內，都一起衝到大門口，引起一陣騷動，他們想搶先看看，今天郵差送來的郵件中，有沒有「純文學」雜誌，每每是先搶到的人，把手高高舉起，大呼小叫：「林海音的純文學」來了！孩子們這樣直乎林海音大名，並非沒大沒小，也不代表不敬，他們實在不知道林海音是何許人？也不知道「純文學」是啥玩意？反正這是媽媽喜愛的東西，這個「林海音的純文學」一定是有點兒甚麼名堂，「林海音的純文學」，在他們的心目中，也可能僅僅只代表著一種很單純、很親切、很欣悅的一種符號吧？

我們家最早見到林海音其人的，是我家的男主人，每屆雜誌到期續訂，都是由我先生順路，到重慶南路純文學出版社交錢續訂，回來總會說說他在出版社所見，有一次，他說，「開出版社很辛苦，純文學出版社工作人員也不多，林海音一個大作家，自己在那裡捆書、綁雜誌……」

從「純文學」雜誌創刊開始，我就坐在這個無形的學館中靜靜的讀，整本的讀，每一篇文章都不放過，非常愜意的享受著這一本好刊物。唯一感到困擾的是，只有那時正讀「再興中學」（國中）的大兒子會來鬧館，和我搶讀「純文學」。我們母子，在「純文學」的世界，各取所需，各有收穫。

從「純文學」雜誌創刊到停刊，有五年的時間，我利用業餘，日夜自我修讀，沒有人給我考試、打分數，也沒有領到結業證書，連學館的主人——林海音，我都不曾有過一面之緣。這沒甚麼，沒有機會見到她，不等於我沒有注意她，事實上，我一直都在遠距離的位置上注視著她；當時沒有見到，也不等於以後都沒有機會相識，應該只能說是緣份未到而已。世間人事，我相信緣份，順其自然，我不會在不恰當的時候，就去給朋友們無端的打攪。

人生際遇，沒有想到的事情太多了。我沒有想到，在我五十歲的年紀拿起筆來爬起格子。沒有想到，剛好看到東方出版社的徵文廣告。沒有想到，我會因為寫作獲獎。沒有想到，海音大姊正好被敦聘為徵獎的評審人。

我和海音大姊第一次面對面的相遇，是在「第一屆東方少年小說獎」頒獎典禮上，海音大姊看到我也是有一把年紀的人，就說，「哎呀！這怎麼可能？我在讀這些作品的時候，還以為這些故事的作者一定是個每天還在爬樹的小男生呢？」

在頒獎典禮上，主辦者、評審者、都上台演說了主辦的因由與評審的經過，主辦者也要獲獎者說說創作的過程和創作的理念。我說，「……在寫作上我是一個五十歲的新手，哪會有什麼創作理念？只不過是拿我四個調皮的孩子做模特兒罷了，我寫的是我自己和我孩子們的故事……」等正式頒獎過後，海音大姊又問：「你那四個調皮的小孩，今天可都來了嗎？」於是，我的孩子們也見到了他們從小在家裡大呼其名的林海音阿姨了。

我沒有想到的事情還多著呢，我沒有想到，我會加入「兒童文學會」為會員，也沒有想到後來我會到學會做義工，有一段時間經常整理學會與會員的許多資料，才知道海音大姊原來是學會的理事之一，開會或會員活動時，就常有機會見到海音大姊了。在我眼中看來，海音大姊，無論遠觀近看皆很自在。

我沒有想到，有一天接到陳木城老師的電話，他說，「李老師（我不是老師），你明天有空嗎？林先生明天在直潭國小演講（新店），林先生她點名點到你，她說請你也來參加她的演講會，好嗎？」

「好啊，我可以來，有甚麼事情需要我效勞的嗎？」

「這樣吧，你手邊要是還有新出版的書，請帶幾本送給直潭國小的小朋友，到時候也要請你簡單的說說創作的經過。」

第二天，木城老師（後來他昇任校長了）開車來接我，海音大姊已經坐在駕駛坐右邊的位置上，打過招呼，我們一路閒聊到直潭國小。

我沒有想到，有一天我收到寄自遼寧鐵嶺吳夢起先生的一本書「老鼠看下棋」，書中夾了一封信，說是海音大姊去信要他寄書給我。我打電話到純文學出版社，找到海音大姊，跟她說說這件事。海音大姊說：

「是呀，是我去信叫吳夢起寄書給你的，因為，夢起是我和何凡過去在大陸時的老朋友，我覺得夢起作品的格調和你的很相像，他的作品也喜歡描繪鄉土自然，他許多故事中的人物也很調皮，文字相當活潑，你們的風格很接近，你也寄一本『阿黃的尾巴』給他吧，你們交換交換意見……」我就寄書給遼寧的吳夢起先生了。「阿黃的尾巴」就是我在東方少年小說獎獲獎的作品，出書時以海音大姊的評論「鄉土味濃厚的少年小說」代序，這個評論，帶給一個初學寫作的我不少信心、肯定和鼓舞。

大家都知道，海音大姊喜歡朋友，她有很多寫作界的老朋友，像我這樣微不足道的寫作新手，她非但不會敷衍，還處處顯現出她的愛心與周到。

海音大姊是文壇公認的一代才女，更是一位資深美女，海音大姊的美麗，是大家所樂道的。我是那麼晚才認識海音大姊，我見到海音大姊時，她是富富態態的，在我看起來，她的美麗，是既傳統又現代；既樸實又真誠；既端莊又健康；既活潑又溫柔，她的儀態，是屬於又有美德又有韻味的。身為女性也愛文學的我，心儀欣賞之餘，我樂於以海音大姊為楷模，打心底願意跟隨。

我沒有想到，後來我們舉家移居美國，親友們時常藉著書信連絡，海音大姊回信是很勤快的，她也不吝嗇把生活照分送朋友。見到照片如見其人，收到玉照我就珍藏起來。海音大姊也喜歡旅遊怕照，信中她提到就要出一本「奶奶的傻瓜相機」，書中收集了她的攝影傑作。九八年，我寄了生日賀卡，恭賀海音大姊八十大壽。之後兩、三年，我沒有回去台灣，總是想著念著，下次回去，一定要去看看海音大姊。

更意想不到的是，海音大姊生病許久了，不再給讀者、朋友回信了。她走了。到另外一個更美麗的地方去了。今年十二月一日，海音大姊離開我們即將屆滿三周年，留給許許多多熱愛她的人們深深深深的思念。

看舊照　說往事

我在九零年回鄉探親時，外祖母和母親都已經去世許多年了。大妹交給我一包老照片，並且說，母親去世前留言，「你們姊妹此生若是有機會再相見，把這一包照片交給你姊姊……。」大妹回憶說，中國社會翻天覆地動亂那世代，她冒著生命危險，把這些老照片，塞在居室的夾牆中。那時候，「台屬」（居台者家屬）是被界定為壞分子，凡殘留有資本主義色彩的任何事物，一旦被人翻了出來，大禍就會臨頭了。

這些舊照，包括父親母親的結婚照、外祖母與父母親年輕時的合照、我還是嬰兒時母親把我抱在懷中的母女合照，以及哥哥與我童年時和母親的合照等共二十多張，這些照片，早年是由母親自己珍藏著，年代久遠，其中有的已泛黃模糊，有的被蟲蛀。回到台灣，我立刻加以整理、翻拍、搶救。

有一張，母、子、女溫馨的老照片，拍攝於上個世紀三十年代初，並沒有用專業特殊的方法，至今保存完好，算是稀奇的事。看著這張幾乎與我同年齡的古稀老照片，許多往事浮現腦海。

我對自己童年最早的記憶，是坐在一張沒有靠背的高腳凳上，兩腳懸空，面對著的是一個十多歲哭泣的女孩，她總是淌著眼淚，不跟我說話，不讓我下地。或端來一碗飯，上面蓋著一層菜餚，她用湯匙餵我，可是，她不停地哭泣，看她一張濕濕的淚臉，我跟著她哭，一口也不肯吃，她就擰我的大腿，掐我的屁股，我大聲哭，她也放聲大哭。

進來一個年長女子，帶著一個大一點的女孩，年長女子問：「桂英，寶寶為甚麼哭？」然後轉頭對大女孩說：「玉屏，你來餵寶寶吃飯。」玉屏是胖胖的大姑娘，她對我笑，我就肯吃。

等我懂事一點，知道年長者是我的外祖母，我叫她「依馬」（阿嬤的福州方言），那兩個女孩是聽「依馬」使喚的，「依馬」叫她們做甚麼她們就做甚麼。

「依馬」有時說些故事給我聽，她說，母親在新加坡生下我，年僅二十歲的她，在父親的安排下，單槍匹馬，帶著出生剛滿月的我，乘坐客輪，返回家鄉，隨帶行李中，有好幾箱是煉乳罐頭，準備作為餵哺嬰兒的糧食。「依馬」說，她就是用熬煮的稀米漿添加煉乳，來餵養我這個奶兒。母親像一隻母貓那樣，叼著比我大三歲的哥哥，又遠渡重洋到新加坡和爹爹生活。

那時候，我最親密的伴侶，只剩下外祖母和外祖母的兩個丫環。

父母親每隔一年半載一定從南洋返鄉探親（長大後聽說父親在南洋置有一片生產橡膠的橡膠園），他們回來都會帶回來很多新奇的東西，有大大小小的洋娃娃，有上緊發條會自動繞圈跑的玩具小汽車、有巧克力糖和色香味美的水果糖（這些東西當時在國內都算非常稀有的東西），至今味蕾上還餘留著香醇糖果美味的記憶。哥哥收集了很多香煙盒中有圖畫、有故事的畫片，都是一般小孩求之不得的稀有玩具。

父母親回來，訪客來往不斷，漂亮的「媽媽」，優雅地接待客人，忙著給親友送東西，「依馬」要我叫她媽媽，我不肯開口。記憶中，母親不曾抱過我（抱我在照片中）。夜裡我跟「依馬」睡。我愛聽「依馬」說故事，我摸著她的下巴，摟著她的脖子入睡。在我心目中只有「依馬」，我認定「依馬」才是我的媽媽。

父母親及哥哥的出現，在我幼小的心靈中只覺得，家裡突然多了些「陌生人」，很是不自在，希望他們快快離開。我始終不肯靠近他們，他們不走，我就躲開。我悄悄地躲在屋角門後，偷偷地看著這個時髦、漂亮、陌生的女人，看她換穿著不同花色的高領長旗袍，很高的高跟涼鞋，或是衣褲同樣花色的套裝。爹爹出門都穿米黃色或是白色的新西裝，右手拿一根文明棍（彎頭拐杖），頭上戴著禮帽，走一步，把拐杖向著右前方旋起，又立即點地。在我的眼裡看來，他們是一對怪人，不屬於我的世界，他們來，我和他們捉迷藏。天黑了，我躲在「依馬」床上才安全。

這種角色錯亂，困擾我很長很長一段時日。

母親回來生過大妹，做完月子就走了，家裡多了嬰孩的哭聲，顯得熱鬧。

父親是喜愛旅遊的人，聽說曾去巴黎遊玩，也和母親去上海、杭州。母親從上海回來，滿口說「蝴蝶」，家裡沒有看到甚麼蝴蝶，我到處去找蝴蝶，想抓一隻蝴蝶給她，很多年以後，我才能把一個電影女明星的名字和蝴蝶連接在一起。

母親來來去去，生過小妹，不久，又要走了。

這一次哥哥留下來與我作伴，說是已安排好兄妹倆一起去讀書。兩兄妹，每天吃過早飯，各背各的書包，到大祠堂去，坐在固定的位子，來了一位白頭髮白鬍子的老先生，教我們讀書。我讀「人之初，性本善……」哥哥讀「孟子見梁惠王……」先生讀，我們跟著唸，都用福州鄉音教讀。先生叮嚀我們，眼睛要看著書本上的字，但我們根本不認識它們。中午，桂英會送飯盒來（三、四層架疊提籃式圓形搪瓷質料的飯盒），吃完飯，我們用飯盒捉蒼蠅，這是一天裡最精彩的活動。下午先生教我們寫字，磨墨，用毛筆，在簿子上描紅字，學生的手和臉多半都會粘上了黑墨，個個花花臉。

先生說：「回家好好讀，明天來，要背書。」

黃昏時，先生走了，我們拎著書包和飯盒回家。

再長大些，去讀國民小學了。

後來總聽說，日本侵略中國，中國和日本打仗了。

南洋也在戰爭的陰影之下，父母親結束了南洋的事業，回到家鄉來，帶回來好多大大小小的箱籠，當地鄉人多張揚說，他們李家好有錢，因此埋下日後搶匪入宅洗劫的肇因。

此後，母親終於留在家鄉，和我們這些孩子開始親近。但她得了氣喘病，據說是因早年喝白蘭地酒，不知道這酒的烈性，頭一回就喝酒過量，從頭到腳渾身發燒，熱昏頭了，一時無法可想，跑去泡在大大的冷水缸裡，大病一場之後，種下日後因哮喘致命的病根。

中、日戰爭期間，老百姓的生活如在水火之中，我們家鄉也多次淪陷在日軍的鐵蹄之下，日本兵時來時去，治安極差，我們家不是有田有產的大宅巨富，只是父母親捨得花錢，把早年賺來的錢，買了自己喜愛的東西，諸如：風琴、留聲機、洋鼓洋號（整套樂隊的樂器）、母親的四季時裝與配件、眼睛鑲有寶石的整隻狐鼠皮圍脖、夏天蓋在身上會涼爽的毯子、燕窩等等名貴藥材……。父親當年堅持不在家鄉買田置地，他說田地是會惹禍的東西，沒想到，他們帶回來的那些寶貝，還是惹禍了，突然有一天，十五、六個持戒（刀、槍、斧頭）搶匪，趁著月黑風高，破門而入，捆綁大人，任由他們洗劫，搶搬東西，由深夜搬到黎明，搶匪並不知道哪些東西真正名貴？還問母親，你們把金子埋在哪裡？（他們真正想要的是黃金）。也問你家的男人在哪裡？母親說，幸好父親當時已經去了西北——甘肅（蘭州），如果父親在家，手無寸鐵，任何反抗，必定鬧出人命。有一樣與我有關的文件，新加坡我出生的醫院開出的出生証明，也在箱子裡，被搶匪搶了去，找不回來了。

父親喜愛旅遊成癖，抗戰勝利後，去了台灣，不久，哥哥也去台灣讀書。

這時的我，已是十多歲的小少女，時局、家境，往下沉淪，讀書不成，買糧食都沒錢了，只好去親戚的紡紗廠做女童工。

國難？家難？命運豈是可以預卜？前程哪裡能夠預料？當我賺了些許工錢，在母親的授意之下，買了機票，跟著鄰居去台灣探望父、兄，也看看父親能不能為家鄉的家人接濟一條生路？飛機航程五十分鐘左右就飛到台北，正是一九四八年的秋天，往後不久，時局急轉直下，兩岸亂烘烘，斷航、斷郵，回鄉沒有希望了，一個家就這麼分成兩半。那個時代的中國，不知有多少人遭逢意外的生離死別！

誰知道？一次很單純的台灣探親之旅，改變了我的人生旅程。

母親不走，我走了。

再回去，就是在四十二年以後的一九九零年五月。

大妹交給我的，只有一疊歷盡滄桑的老照片，與綿綿不盡的追思。

母親與我，緣深也緣淺，總是匆匆交會，卻又分離，人世無常，感懷深深。

附篇

前輩先進的溢美之辭

鄉土味濃厚的少年小說——「評阿黃的尾巴」

林海音

《阿黃的尾巴》這本少年小說，是東方出版社第一屆少年小說獎生活幽默類的第一名。我在閱讀的時候，深深被小說的內容和描寫的活潑、感人所吸引。這本小說共包含五個故事，都是以農村的兒童和少年爲題材，我現在先把故事的內容略作介紹：

一、阿黃的尾巴——惡作劇的阿福仔在阿黃的尾巴上繫了一串鞭炮，點燃嚇牠取樂大家。村中小孩阿金的祖父幫阿福仔家看牛，阿金一家人和黃牛都有感情。阿金見阿福仔的殘忍行爲，便建議祖父用十二隻羊和兩頭豬把牛換過來，最後這頭牛也適切的回報了主人的愛心。故事中高潮迭起，處處表現出小孩子和牛之間深厚的感情

二、大雁與花雁——雁是愛好和平的鳥類，每年都會隨著氣候冷暖

鄉土味濃厚的少年小說－林海音評序「阿黃的尾巴」 (1)

大舉遷徙。故事敍述鴻雁一家原本過著快樂的生活，一天山窪裡似有不尋常的動靜，雁族們於是決定遷村。

三、小蚯蚓搬新家——善於翻土的蚯蚓很得主人的喜愛，誰知老主人死了以後，下一代爲貪賺更多的錢，在田地上建樓房，從此蚯蚓便遭殃了。由於人們的自私自利，公害、汙染造成蚯蚓族日漸滅亡，爲了爭取生存，只好離開世代居住的老家，遷移到愛心處處的花園人家去。

四、蟋蟋與蟀蟀——這是一對雙胞胎蟋蟀和小孩的故事。描寫小君養一對蟋蟀，卻被壞小孩小非擄走據爲己有，因此而發生一些小朋友互相鬥氣的事情。最後壞小孩子，因爲行爲太霸道而失去了村中的朋友，他這才發覺爲了滿足私慾而失去朋友，所付出的代價太大了，終於設法還回蟋蟀以恢復友誼。

五、小城堡的秘密——一個三代同堂的寄居蟹家庭，包括爺爺、爸

鄉土味濃厚的少年小說－林海音評序「阿黃的尾巴」 (2)

爸、媽媽和大大、中中、小小三兄弟，一家和樂的住在海岬邊一個岩石築成的大城堡裡。其實所謂的城堡，就是海灘邊很多高高低低、大大小小的岩石洞穴。經過爺爺和爸媽的整修，成爲一個很安全的住處。

寄居蟹就是居住在貝殼的螃蟹，牠們要常常換新的貝殼，就好像換新衣一樣。這樣和樂平安的日子過得好好的，忽然來了一家流浪蟹，一隻母螃蟹帶著三隻小螃蟹，牠們到處爲家，到處偷搶食物，寄居蟹一家，尤其是小哥兒三個，受到流浪蟹很多的騷擾，如當牠們在海邊脫下貝殼洗澡、晒太陽的時候，流浪蟹就把貝殼偷走，甚至威脅要吃掉寄居蟹。最後還是用方法把流浪蟹趕走了，寄居蟹仍如往常一樣的過著快樂和平的日子。

以上五篇故事，都是以動物人格話的寫法來處理的，有時也把人和動物的心態混合描寫。不但故事編排得好，作者也知道如何使故事高潮

鄉土味濃厚的少年小說－林海音評序「阿黃的尾巴」 (3)

迭起。描寫自然界的生態，無論植物或動物，都有保護環境的心意，在這污染的世界裡，給日漸消滅的動植物以同情心、愛心。同時作者對鄉村純樸生活的描寫，非常動人，每個故事的結構，文字的運用，沒有浪費的筆墨，實是可圈可點的少年鄉土文學啊！而且作者對動物生態常識也很豐富，故事吸引人閱讀，使讀者在讀故事當中得到大自然的種種生態常識，和愛這大自然，這是可貴的一點。

我覺得這本書應當不但是青少年喜歡讀，成人如我也被它曲折感人的故事，輕鬆活潑的描寫，豐富的常識和想像力，以及正確的觀念所吸引，不只一遍遍的閱讀，也願誠懇的把它介紹給少年讀者，希望你們和我一樣的喜愛它！

鄉土味濃厚的少年小說－林海音評序「阿黃的尾巴」 (4)

爲孩子寫作的「媽媽」

——序《長腿七和短腿八》

林良

筆名「木子」的李麗申女士，在兒童文學工作者的心目中是一位現代「佛」。中華民國兒童文學學會成立以後，學會的理事們都聽說有一位「永遠的義工」自動到兒童文學學會來報到。她在每週約定的日子到學會來「上班」，幫學會工作，不接受任何報酬。這位現代「佛」，就是李麗申女士，也就是「木子」。

喜愛寫作的木子，並不缺乏寫作經驗，只是她從來沒想到會走上

為孩子寫作的「媽媽」－林良序「長腿七和短腿八」 (1)

「爲孩子寫作」的道路。她投入兒童文學創作，純粹由於一次偶然的「邀稿」。她不敢輕易嘗試，邀稿人卻堅信她「可以」。

像一個故事似的，木子爲了考驗自己究竟「可以不可以」，竟把她應邀而寫的第一篇兒童故事寄給陌生的國語日報兒童版主編。國語日報刊出了她的故事，而且邀她繼續往下寫。她用自己的奇特方法證實了自己的「可以」。那篇故事就是〈鞋匠的孩子〉。

國語日報刊出的故事，非常重視「文字適合兒童閱讀」這個作品特質。國語日報刊出她的作品，證明了她有適合爲孩子寫作的文筆，跟小讀者有緣。

她爲孩子寫作的時候，已經是資深「媽媽」，有爲孩子講故事的經驗。她有好文筆，又有講故事的經驗。兒童文學創作這條寫作道路，對她來說，是一條坦途，而且充滿樂趣。難怪她形容自己寫作方向的轉變，是「從沙漠走向綠洲」。更使她感到快樂的，是她有一個會畫畫的女兒黨宜心。木子發表的每一篇作品都是「母女合作」：媽媽寫故事，女兒畫插圖。

木子喜歡觀察動物，因此除了爲孩子寫故事以外，不知不覺的也走進了「童話創作」的領域。她收在這本書裏的〈咕咕的煩惱〉，寫的是一隻母雞和她的子女。這篇作品爲大陸湖南省的兒童刊物「小溪流」所選載，並且被譯成韓文。

木子的寫作態度，屬於「非一揮而就」主義。她寫得非常用心，而且格外重視主題的健康。她不「狂飆」，她是「和風」。她不是喜歡讓孩子吃「辣椒」和「苦瓜」的人。她不會爲了「震盪」文學界而「震盪」了孩子。

孩子們對這樣「慈藹」的作家，有深深的感情。

木子的作品就要結集出版。對我來說，這就像是聽到一位播種者豐收的消息。我祝福這位兒童文學播種者：

今日播下的是蘋果籽，

他年展現的是蘋果園。

一九九一・十・三十

溫情的力量——序《莉莉的花籃》

孫建江

我是在木子移居美國之後，才讀到她的作品，當時，我對台灣的兒童文學十分陌生，對木子也是一無所知，最先是由林煥彰先生把她的短篇童話《長腿七和短腿八》推薦給我，這篇作品非常短小精緻，而且充滿幽默與喜感，我在讀過之後，印象深刻，寫過評論，發表在《兒童文學家季刊》第六期，（那一期是以木子爲專輯人物來討論）。後來又陸續讀到她的其他作品，如：《阿黃的尾巴》、《阿瘦找野果》、《母親節那一天》等。

之後，木子和我常有書信往來，我發現她的爲人非常隨和，容易交往。她常把新出爐的許多作品，郵寄給我，讓我先讀，提提意見，並且很放心的讓我去處理她的稿件。她的童話故事，也任由著我去安排發表，她不計較，也不爭取什麼，有稿酬，也委託我轉贈給她在家

溫情的力量－孫建江序「莉莉的花籃」　(1)

鄉的弟妹。

最近，我把她的短篇童話《滾滾和蹦蹦》作成彩色圖畫故事書，由浙江少兒社出版，她看到我寄去的書，就來信說，這本書做得很好，很精緻，其他沒有多說什麼。反而對我所寫的一本兒童文學評論，提出頗多意見，而且寫了洋洋數千言的讀後感寄給我，題目叫做「我到兒童文學的博覽寶宮走一回」她說，她讀了我的書，好像是走了一趟兒童文學的博覽寶宮。我收到這樣的讀後感言，內心裡是既興奮又意外，因爲，一本三十多萬字的評論，她是邊讀邊做札記，然後寫下感言，讀著她的來信，我的全身不斷的冒汗；她在信中又幽默的說，作者花去六年的時間，去寫這本評論，而她自己只花了六個月的零碎時間，去讀這本評論，在時間上，她就已經賺到了五年半。我知道，她之所以這麼說，都是在安慰我，給我鼓鼓勁。對於這樣一位善解人意的長者，你有什麼話好說的！

木子從事助產士、護士的工作長達三十年，經她手接生的嬰兒在五千以上，當年的這些嬰兒目前都有四十歲上下了，只要一提到小孩，她就非常的興奮，不過，她爲兒童寫作卻是在五十歲以後的事，她曾自稱是一個「五十歲的新手」。她說，她之所以在快退休時才投入兒童文學創作的行列，是因爲一次偶然的投稿成功，加上後來在兒童文學學會做了義工，由她自己的親身所見所聞，深深覺得兒童文學工作者的可愛可敬，她就毅然的投入了這個行業。也許正是因爲出於這樣單純的寫作動因吧，我看到木子的寫作品質很〃純粹〃，絕少〃功利意識〃。從她的許多作品中，可以看出她寫作的心性，沒有急燥，非常從容，十多年以來，她的這種平和心態，沒有改變。

木子的作品，十分強調溫情的力量，重視滲透、陶治和潛移默化。這在《莉莉的花籃》這本書中，我們很容易可以體會到。

其中《蝴蝶的婚禮》講述小女孩觀看蝴蝶的婚禮，黃昏的花園裡，雨爺爺來了，風婆婆來了，太陽在空中架起一道彩虹橋，蟋蟀拉起小提琴，青蛙敲著小鼓，知了、紡織娘、麻雀、黃鶯、白頭翁一起唱

溫情的力量－孫建江序「莉莉的花籃」　(3)

起了婚禮進行曲，衆多的蝴蝶花童翩翩起舞。賓客中有珠光寶氣的金龜子，有身穿小黑點禮服的小瓢蟲，螞蟻排著整齊隊伍來參加婚禮，蜻蜓在空中維持交通秩序。蜜蜂廚師用一百種花蜜釀成喜宴用的百花酒，大家美美地享用著糖蜜玫瑰大餐。參加婚禮的自然界的人物這麼多，只有一個小女孩這麼幸運，她觀看到了如此華麗迷人的婚禮。透過作者細膩，生動的描述，我們不也感受到了生活中的甜美與溫馨？這就是木子作品中的滲透力。《鴨子歪歪》講述一隻有生理缺陷的小鴨子歪歪的遭遇，農夫的妻子阿美，把跛腳小歪歪從水溝裡撿起來帶回家，可是，小花貓、小母雞、小灰鼠對歪歪不友善，常常嘲笑欺負他。小男孩冬冬得知歪歪的遭遇，心裡很難過，主動的把自己那隻頭部已損壞的塑料鴨子的一隻腳取下來，給歪歪安裝上去，歪歪竟眞的站起來走路了。這篇得奬的作品，情節簡單感人，內裡充滿著同情與仁愛。這些都是透過平和的敍述，把溫情傳遞給讀者。還有像《青鴉的哭聲》、《莉莉的花藍》、《都是阿九惹的禍》等等作品，也無不潛藏著仁愛、寬容、理解等溫情的特質。即使像《松林救火隊》、《少一點和多多多》這類帶有幽默色彩的作品，其底蘊仍然不失溫情。木子這種敘事策略的特點，在於讀者一旦〃進入〃故事，往往很難釋懷，並總在不知不覺中，獲得益處。當然，這也給木子帶來更高的要求，即：如何保持每一篇作品都能夠容易〃進入〃，並且耐讀。

遺憾的是，木子與我到今天還沒見過面，論年紀，我應該尊稱她爲木子先生，但是，她在信中說過，這樣的尊稱，只有造成她的不自在，她總是說，無論是誰，小朋友也好，大家叫她木子，她最高興。

能夠看到木子常常有新作發表，是我滿懷希望的事。現在她有新書出版，要我爲她在這本書中說幾句話，我自然樂於從命，就寫了以上這些。

一九九七年十二月二十日

於杭州青春坊

樸實無華自然美

——代序《安順宮風波》

蔣竹君

認識木子這位爲兒童寫作的作家，是在看過她的作品很多年以後的事。她，給人的感覺就是樸實無華，是眞正自然的美；她的作品，亦復如此。她所寫的故事，全部自生活中取材，實在不虛幻；她的文字流暢生動，不拗口，沒有過度的藻飾。看過她的作品，一定也和我有同感。

木子爲兒童寫作，在她個人來說，似乎起步不早，但以十五年的寫作史來說，她的成績斐然，甚至得獎的紀錄也很可觀。

也許因爲她成長在戰亂的年代，對國家社會的責任感很重，她寫作時，總期望能達到「文以載道」的目的。讀者用心閱讀，可以感覺她筆下的脈動。但這並不是說，她的作品讓你讀來嚴肅無趣。就像〈安順宮風波〉，「安順宮」在台灣到處可見，這種神壇充斥在都市鄉鎮的各角落，它所引起的「風波」，對居民生活的影響，相信每個人都有同感，故事中的主角阿欽的感受，也會是我們的感受。作者寫來不慍不火，情節安排合理自然，我們也都期望在我們四周的「安順宮」，能如故事中的結果一樣，銷聲匿跡。這個故事自然能得到讀者的共鳴。

〈母親節那一天〉和〈王記蚵仔麵線〉中的人物——張奶奶、王老闆，都是市井小民，是爲生活出苦力的人，但是他們的胸懷情操多麼感人，「幼吾幼以及人之幼」不是聖訓，他們是身體力行。收養張家春、王定一不是有個人的目的私心，而是愛他們。每一個人物角色的行爲表現、心理轉折，都是自然的反應，作者並不故弄玄虛，這樣的作品，就像我們生活於其中，讀來不會驚愕錯雜。

故事裡的人名都很鄉土，也如同「『李』麗申」取筆名「木子」一樣的樸實自然。

國家圖書館出版品預行編目

七十年之癢：浮生漫筆 / 李麗申著. -- 一版.
-- 臺北市：秀威資訊科技, 2005[民 94]
面； 公分. -- (語言文學類；PG0039)

ISBN 978-986-7614-91-9(平裝)

855 94000794

語言文學類 PG0039

七十年之癢

作　　者 / 木子
發 行 人 / 宋政坤
執行編輯 / 李坤城
圖文排版 / 張慧雯
封面設計 / 羅季芬
數位轉譯 / 徐真玉　沈裕閔
圖書銷售 / 林怡君
法律顧問 / 毛國樑　律師
出版印製 / 秀威資訊科技股份有限公司
台北市內湖區瑞光路 583 巷 25 號 1 樓
電話：02-2657-9211　傳真：02-2657-9106
E-mail：service@showwe.com.tw
經 銷 商 / 紅螞蟻圖書有限公司
台北市內湖區舊宗路二段 121 巷 28、32 號 4 樓
電話：02-2795-3656　傳真：02-2795-4100
http://www.e-redant.com

2005 年 11 月 BOD 一版
定價：180 元

讀　者　回　函　卡

感謝您購買本書，為提升服務品質，煩請填寫以下問卷，收到您的寶貴意見後，我們會仔細收藏記錄並回贈紀念品，謝謝！

1.您購買的書名：________________

2.您從何得知本書的消息？

□網路書店　□部落格　□資料庫搜尋　□書訊　□電子報　□書店

□平面媒體　□ 朋友推薦　□網站推薦　□其他________

3.您對本書的評價：(請填代號　1.非常滿意 2.滿意 3.尚可 4.再改進)

封面設計____　版面編排____　內容____　文/譯筆____　價格____

4.讀完書後您覺得：

□很有收獲　□有收獲　□收獲不多　□沒收獲

5.您會推薦本書給朋友嗎？

□會　□不會，為什麼？________________

6.其他寶貴的意見：________________

____

____

____

讀者基本資料

姓名：________________　年齡：______　性別：□女　□男

聯絡電話：________________　E-mail：________________

地址：________________

學歷：□高中(含)以下　□高中　□專科學校　□大學

□研究所(含)以上　□其他________

職業：□製造業　□金融業　□資訊業　□軍警　□傳播業　□自由業

□服務業　□公務員　□教職　□學生　□其他________

請貼
郵票

To：114

台北市內湖區瑞光路 583 巷 25 號 1 樓

秀威資訊科技股份有限公司　　收

寄件人姓名：

寄件人地址：□□□

(請沿線對摺寄回,謝謝!)

秀威與 BOD

BOD（Books On Demand）是數位出版的大趨勢，秀威資訊率先運用 POD 數位印刷設備來生產書籍，並提供作者全程數位出版服務，致使書籍產銷零庫存，知識傳承不絕版，目前已開闢以下書系：

一、BOD 學術著作—專業論述的閱讀延伸
二、BOD 個人著作—分享生命的心路歷程
三、BOD 旅遊著作—個人深度旅遊文學創作
四、BOD 大陸學者—大陸專業學者學術出版
五、POD 獨家經銷—數位產製的代發行書籍

BOD 秀威網路書店：www.showwe.com.tw
政府出版品網路書店：www.govbooks.com.tw

永不絕版的故事・自己寫・永不休止的音符・自己唱